心境

何权峰 著

青岛出版社
QINGDAO PUBLISHING HOUSE

图书在版编目（CIP）数据

心境 / 何权峰著. --青岛：青岛出版社，2018.12
ISBN 978-7-5552-7152-9

Ⅰ. ①心… Ⅱ. ①何… Ⅲ. ①散文集－中国－当代
Ⅳ. ①I267

中国版本图书馆CIP数据核字(2018)第140130号

本书中文简体字版经北京时代墨客文化传媒有限公司代理，由作者授权在中国大陆出版、发行

山东省版权局著作权合同登记号图字：15-2018-83

书　　名　心　境
著　　者　何权峰
出版发行　青岛出版社
社　　址　青岛市海尔路182号（266061）
本社网址　http://www.qdpub.com
邮购电话　010-85787680-8015　13335059110
　　　　　　0532-85814750（传真）　0532-68068026
责任编辑　郭林祥
特约编辑　李宇东
校　　对　张静静
装帧设计　源画设计
照　　排　梁　霞
印　　刷　三河市金元印装有限公司
出版日期　2018年12月第1版　2024年5月第7次印刷
开　　本　32开（880mm×1230mm）
印　　张　7
字　　数　80千
书　　号　ISBN 978-7-5552-7152-9
定　　价　36.00元

编校印装质量、盗版监督服务电话　4006532017　0532-68068638

建议陈列类别：畅销・励志

前言 心境，决定你的处境

美好人生，不是期待永远的风平浪静，而是学会在风中飞翔，在雨中跳舞。

人心非常复杂多变，有时早上你心情很好，到了下午就变了。你可能早上对家人充满爱意，晚上却极度不满。或许今天你享受到为人父母之乐，明天却恨不得没生这个孩子。或者某日，你可能因为伴侣管太多而生气，但是隔天又因对方不管你而不开心。有时，莫名地郁闷一整天，追其原因，竟只是旁人的一个眼神；有时，无端地开心一整天，也只是旁人说了一句贴心的话。

很多人会说自己或别人情绪不稳定、很情绪化，或不懂得控制情绪。实情是这个人不了解自己的心。你一定看过有人莫名其妙地为一件小事气到脸色发青，或者看到有人没来由地仇视某个人。到底内心发生了什么事，可以强烈地影响到人的行为，甚至讲出自己不想讲的话，做出不想做的事？

常有人问我：“为什么我会心情烦乱、爱发脾气，为何我会如此不快乐？”每当听到这样的问题，我就会为发问者感到难过，这都是没看到自己的心。

情绪，就是从外在世界进入内在世界，再从内心变身出来的产物。所以，要了解情绪，首先要学会向内去观察自己的心。

不久前，我在课堂上放教学影片时，附近有位候选人的竞选总部正好办造势活动，“拜托、拜托”的声音加选举口号不绝于耳。那天课程结束时，有人告诉我那些噪声给他造成莫大的干扰，有人感到烦躁，而有些人表示没受到任何影响。所有学员听到的声音其实没有两样，内心感受却大不相同。

没错，因为心随境转。与外在的人、事、物互动时，如果产生负面的感受和情绪，我们往往认为是外在的那个人或事件引发的。殊不知，不满与不快其实源自我们的内心。

某天你心情很好，走在路上，觉得景致美丽怡人；另一天你心情不好，走在同一条路上，却毫无感觉。想想看，这美与不美，是外在的景致，还是来自你的内心？

你有时觉得自己很好，有时觉得自己还可以，有时觉得自己简直糟透了。这变来变去的，是你的外表，还是你的心情？

有句话说得好："积极的人像太阳，走到哪里哪里亮；消极的人像月亮，初一十五不一样。"我们的心也是如此，不管是心情开朗或郁闷，让你觉得世界是光明或黑暗的，都是心境——当你的心随情绪起舞时，它们就创造了你的处境。

名人的心境

安东尼·罗宾 (Anthony Robbins)

世界潜能激励大师
世界成功导师
世界潜能开发大师
美国“金锤奖”获得者

心境的力量是第一位的。

丘吉尔 (Churchill)

二十世纪重要的政治领袖

我们若一直为过去而在现在纠缠不清，我们可能就会失去未来。我们应该让过去的事过去，才能迎向未来。

拉里·佩奇 (Larry Page)

谷歌联合创始人

我认为设立一个光芒万丈的梦想会让实现目标变得更容易。因为没人会这么疯狂，这样你才没有竞争对手。事实上，据我所知，没几个人会有这么疯狂。

胡雪岩

政治家、徽商代表人物

人不要求全，应该知足，而只有守分，才会知足。

马云

阿里巴巴集团创始人

熬那些很苦的日子一点都不难，因为我知道它会变好。

李开复

前 Google、微软全球副总裁
创新工场董事长兼首席执行官

有勇气来改变可以改变的事情，有胸怀接受不可改变的事情，有智慧来分辨两者的不同。

董明珠

珠海格力电器股份有限公司董事长、总裁

《福布斯》亚洲商界权势女性

生活就是这样，总会有乌云遮眼的时候，但也总会有云开雾散的一天。只要你坚持按自己的理想走下去，就一定会有成功的一天。

雪莉·桑德伯格 (Sheryl Sandberg)

脸书（Face book）首席运营官

成功，就是尽可能做出最好的选择，然后接受它们。

目录

目录

第五章
这种情况下，该怎么做

X I N 心境 J I N G

第一章

情绪的五个“特性”

一　所有情绪都会随时间不停变化

若仔细观察，便会发现，我们的心念随时都在变化。比如，早上你想去“买鸡蛋”时，突然想到洗衣机里的衣服还没晾，于是又回去晾衣服，接着朋友打电话来约吃饭，于是你想着要穿什么衣服，这时早已忘了“买鸡蛋”。

一个想法出现，在我们的意识中逗留片刻，就会消失不见。遇到塞车，你可能这样想：“糟糕，快迟到了。”当这个想法进入你的意识后，又会有另一个想法进入：“真是急死人，前面的车怎么开这么慢。”“要是迟到，找什么理由解释？”想法是流动的，它总是来了又去。

前一刻的念头这一刻已不见，昨天的问题今天已不是问题。回头看几天前的烦恼，你可能还会觉得好笑，再过几天，你可能都忘记它的存在。所有的情绪，也都会随着时间不停地变化，你很难保持快乐一整个月，也很难持续生气一整年。

然而，为什么苦痛在事后很久都不会消失？为什么有时候，不愉快的感觉会一直持续下去？简单来说，这些情绪不会消失，是因为我们对念头紧抓不放。以前面塞车为例，你不断去想它，情绪就不断受它影响：“那家伙是不是不会开车！”“为什么就这么倒霉？”结果，你越想越生气，越想越沮丧。

有念头并不是问题，若紧抓念头、认同念头，这才是问题。当我们为自己感到难过的时候，会陷入一种自怜的情绪中，认为这个世界跟我们过不去。然而，如果我们能暂时跳开自己的观点，想法和情绪立刻有所改变。

试试这个实验吧：暂时停止阅读，去想一件你常担心烦扰的事。想到了吗？很好，现在你可以自问一个有趣的问题：在你“去想它”之前，这个问题何在呢？只因为你没有去想，它就不存在。换句话说，即使你真的有烦扰的事，也不必一再去想，明白吗？

我们可以从非洲草原瞪羚的行为中清楚看到，当豺狼开始追逐它们时，恐惧驱赶它们拼命地奔跑，一旦某只瞪羚被追上了，其他瞪羚马上若无其事地开始吃草，仿佛什么事都没有发生过一样。

下回，当情绪激动的时候，想想那些动物，应该会很有帮助。深呼吸一口气，聆听远处的鸟鸣，看着湛蓝清澈的天空，天空浮着一朵孤独的浮云，缓缓飘过天际，那些不愉快的事，在这一刻不都随风而逝了吗？

认清“想法只是想法”

“为何你要反复思索？为什么老是抓着那些让自己变糟的想法？”当我问那些反复思索的人为何要这样做时，答案很简单：他们相信这么做可以帮助自己克服痛苦与忧郁。

人们以为通过这种方式可以找到问题的解决之道，然而，研究结果显示恰巧相反。原因是，当你陷入困局时，情绪会低落，低落的心情就会引发负面的想法，因此看到的都只会是否定的、消极的。就像轮子陷于泥沼，越去踩油门，车轮就陷得越深。

那该怎么办？首先要认清“想法只是想法”。当你学会不去相信情绪低落时的想法后，才能脱离低潮；你学会不加理会，你的消沉感才会消失不见。

二／一切情绪都与自己过去的经验有关

看着一棵大树而没有任何情绪，是很容易做到的事。可是看着一个朋友，一个伤害过你、欺骗过你的人，而不带任何情绪，就很难做到了。比方说，你和朋友约好一起吃饭，而届时她没有出现。如果你了解这位朋友是个守时的人，你可能会开始担心她的安危。但假使你等的是一位不太守时而又做事马虎的朋友，你发火的机会可就大了。

我认识一位太太，她每回只要看到与她那有暴力倾向的前夫神似的男人，就会惊慌失措。

另有一位学生，他说：“每逢有人对我绷着脸，我的脑海中便立即飞掠过父亲凶恶的脸孔。”所以他非常厌恶有人对他绷着脸。

每一个生命的经验都会在我们心里烙印下痕迹。一个曾被狗咬过的人，只要一看到狗走过来就会紧张害怕；一个孤独或常被忽略的孩子，当被人忽略了，自然会感到沮丧。如果你在充满责难、贬损、嘲笑的家庭中长大，那么现在你很可能也成了同一种人——不是变得特别爱挑毛病，就是对别人的评论总是反应过度。

有位女孩从小就被兄长骂“猪头”“白痴”“垃圾”这类的话，即使犯了点儿小错，也常被批评得一无是处。多年下来，女孩渐渐变得对别人所说的话非常敏感，即使只是别人善意的批评，也能让她陷入失落的谷底。

有句话说得好：“痛苦的记忆如同魔鬼沾，愉快的回忆好比不粘锅！”人们心里受伤或恐惧的经验根扎得很深，尤其是早期的经历，产生的影响最强。伤痛的记忆与情感存在于一套相互联结的神经网中，如同复杂的蜘蛛网，牵动一丝线，就足以撼动整个蛛网。往往只要一点小事，就会触动人们伤心的回忆。

曾获诺贝尔奖的俄国生理学家巴甫洛夫（Pavlov），最有名的是他对狗的研究。喂狗吃饭时，他会先摇铃。到最后，一听到铃声，狗就会开始流口水，即使它们并未看到食物。

我们的情绪反应就像巴甫洛夫的铃声一样，记忆的“铃声”一旦响起——当有人瞄了你一眼或说了某个字眼时，当有人面无表情或没回你电话时，当你的老板请你到他的办公室时，或是你的伴侣以某种语调跟你说话——如果外在发生类似的事件，就会唤起你失控受挫的记忆。

许多人与伴侣争吵时，冲突很快加剧并恶化，触动了过去的某个情境，以致一发不可收拾。

我们经常会对某些人或某些事感到不满，甚至大冒无名火，其实我们是和“自己的过去过不去”，反之，别人对我们的反应也一样，他们很可能也携带着许多过往的伤痛。

当你了解到每个人都有着不同的过去，你是否能有更大的包容心去接纳别人？是否能谅解别人所犯的错误？

当你了解自己也可能是过去的受害者，是否能较心平气和地看待自己的挫折失意？能否让自己不再被过去的伤痛左右？

别成了过往记忆的奴隶

要如何分辨影响情绪的事件，是现在发生的还是以前留下来的？

我们可借由静观来自我检视。当我们不明所以地小题大做、反应过度，或某事让痛苦持续很久，可以问问自己，你目前的感受，是否让你想起以前曾在“何时”“何处”“与谁”有过类似的感觉。

有人对你发无名火时，多半也是曾在哪里受到打击或伤害。试着了解你厌恶的那个人，不管是自私、冷漠、无情……不管你厌恶的是什么，请先了解他的成长背景、他的恐惧，慢慢地，你将发现：那些不懂得去爱的人，也是欠缺被别人爱的人。

三/情绪会随着想法、认知而改变

有句禅语是这么说的："美女在情人眼中是愉悦，在和尚眼中是杂念，在蚊子眼中，则只不过是一顿飨宴罢了。"

这句话言简意赅：事物在眼中的样貌，会因为想法、认知而不同。比方下雪，对某些人而言，代表着冬天的乐趣，滑雪和堆雪人，是值得欢庆的。然而，对另一些人而言，下雪则代表灾难，天气酷寒，会让汽车熄火，会打滑翻车，等等。

再比如，遇到蛇对许多人来说，会被认为是件倒霉的事，甚至被吓得半死。可是对一个喜欢蛇或专门捕蛇的人来说，那可是件幸运的事。若是印度教的虔诚信徒，可能还会将蛇视为神的化身，下跪膜拜呢！

外在事件本身并不必然决定我们会产生怎样的情绪，反而是我们如何诠释事件，才是关键所在。

曾读到一则案例。有个年轻人失恋了，一直无法接受打击，情绪低落。于是，他找到了心理医生。

心理医生告诉他，其实他的处境并没那么糟，只是他把自己想得太糟了。心理医生问他：“假如有一天，你到公园的长凳上休息，把你最心爱的一本书放在长凳上，这时候走来一个人，坐在凳子上，把你的书压坏了。你会怎么样？”

“我一定很气，他怎么可以随便损坏别人的东西呢！”年轻人说。

“那我现在告诉你，他是个盲人，你又会怎么想呢？”心理医生接着问。

“哦——原来是个盲人。”年轻人摸摸头，想了一下，接着说，“谢天谢地，好在只是放了一本书，要是油漆或是什么尖锐的东西，他就惨了！”

“那你还会对他感到愤怒吗？”心理医生问。

“当然不会，他是不小心才压坏的嘛。我甚至有些同情他。”

心理医生会心一笑：“同样的一件事情——他压坏了你的书，但是前后你的情绪反应截然不同。你知道是为什么吗？”

“可能是因为我对事情的看法不同吧！”

“没错，对事情不同的看法，能引起自身不同的情绪。很显然，让我们难过和痛苦的，不是事件本身，而是选择的解释。”

世界就像一部默片，每个人各自写下自己的旁白。

有人指责你，你觉得很生气，那是你的想法，换个解释：“他是在教导我，他很关心我，在乎我。”也许你会反过来感激那人，对吗？

以前我开车出门，都会尽可能找离目的地最近的地方停车，为此还常在路上绕圈子，而让我感到懊恼。后来我把“多走路”转念为“多运动”，也就再没停车的困扰。

人生际遇的好坏，并不取决于发生在我们身上的那些事，而取决于我们用什么角度来看待。不快乐的情绪未必来自不快乐的事情。容易陷入情绪旋涡的人，并不一定要遭遇重大的创伤失落事件，即使是微不足道的日常烦扰，都可能让他跌入忧郁的深渊，或持续处在不快乐的状态中。

而不快乐的事情也未必会带来不快乐的情绪。前阵子，陪伴一位朋友十五年的爱犬死了。他说，过去这几个月来，它越来越受到痛苦的折磨，到最后几天，它完全没有进食，甚至站不起来。它的死让我很不舍，但也觉得很高兴，它再也不会受苦了。

你能区分其中的不同吗？

每当有任何不愉快的情绪产生时，首先，意识到此刻你正被情绪控制，而不是事情让你不愉快。也就是说，把不快乐的情绪和不快乐的事情分开看，而不是傻傻地把它们当成一回事。

此刻的想法，决定你此刻的心情

想象下面的情境：你正沿着一条街道走，你看到街道对面有一个认识的人，你微笑并且挥手，那个人没有任何反应，就这样走了。

这让你有什么感觉？

你心中出现了哪些想法？

也许你觉得事实很明显，试着把这场景拿去问其他人，看看是否得到一堆不一样的看法。

当你的想法不同，感觉是否不同？

四 情绪背后都有支持它的信念

我们常常听到“往好了想”这句话。但实际上，人的念头并不是那么容易转变的。不能轻易改变的原因，是有些念头与情绪密不可分的关系。

当受到情绪覆盖的念头深植在内心许久，我们就会从内心相信它是真实的，一个所谓的信念就此形成，像是“事情做不好，我是失败者”“别人都吃定我”“我没有人爱”

等。很多思想之所以会落入一定形态，都是因为你被自己的信念捆绑，以致看不到更大的画面。

人为什么为小事感受到挫折？因为我们不把这些事情看作小事，而把那个失误的一球、一分、一件事，视为失败者的证明。

人为什么争吵？因为双方都坚持己见。为什么坚持己见？因为每个人都认为自己是对的。为什么认为自己是对的？因为我们对这些信念早已深信多年，在大多数情况下，我们很少质疑它们，甚至会不断去证实这些信念所代表的行为和事件。

比方，你认为“我太胖才会没有人爱”，那么，你的一举一动都会散发出这种不安全感。而当其他人远离你时，遭到拒绝的感受又回过头来证实你的想法。

假如认为“别人老是吃定我”，你很可能会先出现防御性的举动。而当其他人反击时，你就会觉得先前的预测果然是对的。

仔细观察便不难发现，每当你产生情绪反应时，往往就在按照某种信念而产生行为。即使是与人争论，也是基于这信念。

当然，越坚持自己的信念，越会跟人起冲突，就会变得没有弹性，自我设限，甚至不可理喻。

《赛斯书》说：“除非你知道你的信念，否则你不会了解你的情绪。”试着跟随自己的情绪，你会找到其背后的信念。

以“事情做不好，我是失败的人”为例，这个信念令你产生一种感觉，然后你接受了这个感觉。也就是说，如果你没有这个信念，你就不会有这个感觉。

如果你能在这些情绪发生时，把它分解开来，知道哪一部分是信念，哪一部分是情绪的话，你就会比较容易释怀，被情绪牵动的折磨也会大大减少。

然后，你要检视自己的信念：“实际吗？合理吗？”

从实际的角度来看，你想要完成某件事，并不代表你一定能如愿，或期望一定要被满足不可，对吗？

再从逻辑的角度来看，事情绝对不是——你得不到，你就会是一个无能的人；别人不爱你，就表示你是没价值的人；你没做好某事，就表示你是失败的人。

面对其他的信念也一样，你可以从更宽广的角度来探究，想想看："这个信念，对我如何看待自己、看待他人、看待生命，有什么影响？"答案可能是：始终处于紧张的状态，动不动就发怒或者经常跟人起冲突等等，这些信念甚至让我们无法爱人与被爱，也难以融入生活。

既然如此，你还要如此坚持吗？

检视你的信念

每当你经历一个负面的情绪，先停下来，用一分钟检视支持这个情绪的信念，问自己：“我为什么有这种感觉？是我的何种信念造成？是什么让我有这样信念？”

接下来，不妨试试对这些信念提出质疑：“你的想法是唯一一种可能吗？”“我为什么一定要这么做？”“有理由每个人都要跟我想的一样吗？”

最后，问自己：“如果没有这个信念，我的生命会如何？”一旦你能放下，负面情绪也随之消逝。

五 情绪反应让我们看见自己的内心世界

我们常形容夕阳很美，你是否曾想过那个美来自哪里？是来自夕阳，还是来自你的心里？因为许多人也看到同样的夕阳，并没什么特别的感觉。这美是来自内心，对吗？

同样的夕阳，你今天觉得很美，但隔天很可能就变了，因为你变得不同。如果变得悲伤，那你看到的夕阳也将是悲伤的，你看见的其实是自己的心。因为就在同一刻，同一个夕阳也有人被它的美感动，因为他们拥有不同的心境。就像独处的时候，有人觉得寂寞，有人自得其乐。同一首歌，当你以不同的心情去听，感受完全不同。

有个作家讲过一件让人很有感触的事。有一次，他走在乡间，忽然下起大雨，他狼狈地跑到一间农场的屋檐下避雨，并跟这间农场的农夫搭讪：“真是糟糕的天气！”这个农夫一边惬意地抽着烟，一边望着远处朦胧的田野，说：“哪里有坏天气，每一天都是好天气！”

有时候，外面下着雨，心却是愉悦的；有时候，外面艳阳天，心却充满阴郁不快。我们所看到的世界，是从内心投射出来的。一位民宿主人在墙上写道：“只要你心情美好，就能在这里看到最美好的风景。”这个老板无疑对心灵有着很深刻的了解。

当你刚考完试、工作完成或是正要去度假，在那个时候，是不是放眼看去，一切都是美好的？星空是灿烂的，音乐是优美的，微风是舒服的，连路上的小孩也变可爱了……外境其实一点也没变，变的是你。如果没有度假的心情，无论去到哪里，都无法享受玩乐。

你对生活不满，可曾想过你不满的是生活还是你自己？因为就在你的周围，也有人活得很美好。

这个世界是心的画布，当你以欢喜创作，就看到欢喜的画面；以阴郁调色，得到的是悲伤的作品。生活的现况，就是我们每一个人内心的状况。如果内心平和善良，我们也会感受到外在环境及人物友善。如果我们充满烦躁、怨恨，周遭也不断会出现让人厌恶不满的事物。你怎么看这世界，它就是你想的那样。

很多人一味想改变外在环境，那是搞错了。境由心生，是你的心境决定你的处境。你可以从一个地方换到另一个地方，一个工作换成另一个工作，一个伴侣换成另一个伴侣，但是，问题还是一样的——你无法逃离你自己。你如何能逃得开自己？不管你到哪里，你都会带着自己。

有这样一句话：“由所结的果子可以认出它们来。”从情绪反应可以看见自己的内心世界，一团糟的生活是由一团乱的人所创造出来的。

你的心境决定你的处境

当情绪起伏时，我们首先要了解的是，心是如何运作的。在不同的状况里，你内心的感觉是不同的。现在，就从观察你的内心开始。

为某事烦躁时，观察内心：“此刻，是这件事在烦我，还是我的心太烦躁？”

对某人不满时，观察内心：“此刻，是那个人不好，还是我的心情不好？”

感觉到忙乱时，观察内心：“此刻，是我的心在忙乱，还是这世界忙乱？”

比了解世界更重要的，是了解人心。比改变世界更重要的，是改变自己的心。

X I N 心境 J I N G

第二章

情绪管理三步走

情绪本身是中性的，我们所说的好情绪和坏情绪，是根据情绪之后的行为来归类的。例如：快乐会让人微笑，乐观开朗，因此快乐是正向情绪；但是气愤、恐惧和忧伤这些情绪可能让我们吃不下、睡不好，会伤害自己或伤害别人，所以被称为负向情绪。也就是说，情绪并没有好坏之分，只有我们想要的情绪和不想要的情绪。

许多人想摆脱沉重的情绪，寻求愉悦、快乐与幸福，做法多半是压抑或控制负面的情绪。不幸的是，这不是让情绪埋得更深，就是让情绪变得更糟。心理学家做了很多研究，他们的发现清楚地显示：当试图压制某些想法时，这些想法可能会暂时消失，但很快就会再次出现，而且频率更高。

有个著名的实验，研究对象被要求说出五分钟里经过脑海的心念，不过，研究人员要他们不要想“白熊”，万一真的想到白熊的话，就摇一下铃，结果，铃声此起彼伏。试图压抑不想要的心念情绪，只会使其不减反增。

你可以做以下实验：控制你的念头，十分钟的时间什么都不要想。试试看会怎么样。

是不是不到五分钟，各种纷乱的思绪开始冒了出来？

如果你觉得心烦意乱，你能怎么样？你能控制自己，让心静下来吗？你说："我想让心平静下来。"但这个想控制的人是谁？这个人正是那个"心烦意乱"。你会发现，情绪根本无法控制。

你觉得生气，你告诉自己："不要生气。"当你越是压抑，愤怒的感觉就越深入你的内在，有一天你会累积更多的愤怒而变得无法控制，它会爆发。

你想忘掉不愉快的过去，你说："我再也不要去想那个人和那件事了。"但当你说"不要去想"，你其实已经在想了，不是吗？

负面情绪就像污浊的河水，如何才能使它清澈呢？你只要坐在河边，泥沙自然会沉淀下来。你不需要进到河里去清理，如果你跳进去清理，只会让水变得更浊。

人们总是说“控制情绪”，都以为负面情绪是该平定或摆脱的事，也正因为如此，情绪的纷扰总是剪不断，理还乱。事实上，情绪并非解决的“问题”，它们只是反映身心的状态。换言之，它无法被控制，只能被感受。你一旦感受到这些情绪，不再强加解释或试图压抑，这些情绪自然消失。

第一步 观察我现在有什么思想或情绪

相信许多人都有看电影或电视被感动的经验。我们常听人家说，“那部戏真感人，让人忍不住落泪”“那剧情真恐怖……吓得我全身冒冷汗”。

你知道得很清楚，银幕上什么东西都没有，它只是一个银幕，就只有影子在上面移动，银幕是空的。但是，当银幕上出现一些悲剧，你就觉得难过，你看着别人悲欢离合，你就感动；你看到有人哭，你也开始流泪。这是怎么回事？

因为在那个时刻里，你把影片变成了你的真实世界：剧情好笑，就跟着笑；剧情悲伤，就跟着哭。你投入了情感，认同里面的角色，甚至成了“影中人”。

事实上，整个人生就是一出大戏。那个舞台很大，但它是一出戏，你本身也在观看自己的表演，你既是演员，又是观众。

你可以这样试试看：将生活中每一件发生的事情当成剧情，从旁观者的角度，静静观察那些涌上心头的情绪。愤怒出现了，不要去抗拒；悲伤出现了，就让它存在。就像看电视或电影那样，静观其变就好。

当你开始观看自己的情绪时，会发现你脑中有无数想法。也许外面只是狗吠声，但你的心会说，“狗在吠，我希望它能停下来。因为我要读书”，或者是“这是谁家的狗”，或者是“为什么它会一直叫，真是吵死了”，这种种想法，让你觉得恼怒。这种恼怒有什么作用？没有。那你为什么要创造它？因为心智以为抗拒可以摆脱这讨厌的情境。这当然是荒谬的。事实上，这抗拒产生的负面情绪，要比它意欲摆脱的讨厌情境更让人困扰。

有位病人感触很深，他说：

凌晨三点，我不断想着自己的人生，越想，情绪越低落，当深陷悲伤之中，我批评自己的软弱……拼命地试着告诉自己，要挣脱现在的困局，但我发觉自己如同陷入流沙，奋力想让自己离开，到头来却越陷越深。

幸好，我挣扎了大约半小时，想起了观看思想的技巧。于是，我开始什么都不做，只是观看。“这就是我现在感受到的情绪！”很快地，当我明白这只是思想而已，心也跟着平静下来。

正如麻省大学医学院乔恩·卡巴·金（Jon Kabat-Zinn）博士所说的：“当你见到并感觉到，当下的感受也只是感受而已，如此单纯，那么，你逐渐就会知道，加诸感受之上的念头，在当下对你其实毫无用处可言，只会让情况更糟而已，可以不必这样。”

下回当你情绪生起时，记住，只要当一个观众。不论什么思想经过你头脑的银幕，你只要成为一个旁观者；不论有什么情绪经过你心的银幕，你只要单纯地观看，而非更进一步卷入思想中。这样，你就不会随着剧情陷入混乱。

第二步　把“我”跟“我的思想及情感”分开来看

人的心就好比杯子，而念头和情绪就好比污秽。如果杯子上有污秽，你会怎么做？污秽和杯子是分开的，你只要将污秽去掉，杯子就干净了。

当你为某事心烦，把“你”跟“你的思想及情感”分开来看——“困扰的人”并不是“你”，困扰的是你的想法，是你体内一股不安的情绪——你的心就能平静。

同理，你也不是一个爱生气、悲伤或满怀恐惧的人。这些情绪既不属于你，也不是你个人持有的。它们总是来来去去，变化不断。

你说：“我很难过。”谁是那个感觉“难过”的人？

你说：“我很生气、悲伤、痛苦。”谁是那个感觉“生气、悲伤、痛苦”的人？

你可以问自己“当下是谁在觉察”，抑或“当下是谁在思考”。

当你愤怒时，仔细察看愤怒，想一想，愤怒从哪里来，当下它在哪里，消失后又去了哪里。你将发现，其实愤怒在我们心里产生，而你心里想到别的事，比方突然接到一通紧急电话或好友来访，愤怒也烟消云散。

当你陷入绝境时，仔细观察。你陷在烂泥里，没错，但你不是烂泥。你陷入山谷里，但你不是山谷。山谷只是你周遭的境遇。你不是你的经历，你只是那个经历的人。

记住，“凡能够被你所知的，都不是你”。当你觉察到你的痛苦，你的痛苦就不是你。你看到痛苦不是你，你又怎么会放不下？

第三步／直接体验，全然接纳

面对难受情绪，或难以抚平内心的伤痛时，怎么办？

我的建议是：诚实面对情绪，安于自己的不安，告诉自己："没关系，你就坦然接受自己的感觉，有这种感觉也没关系。"这就是最直接有效的方法。

人之所以受苦，是因为执着或抗拒经验，因为我们想要生命跟眼前有所不同。当你坦然接受自己的感觉，就可以看清楚，痛苦也只是痛苦罢了。当我们以平常心看待，而不是盲目地抗拒，我们就不会把自己窄化为一个受害且受苦的自我。

当我们直接体验内在不舒服的感觉，接纳自己的负面情绪，这意味着就不会有关于它的“故事”，就没有关于过去谁如何、做错了什么、谁应该负责、谁应该被抱怨或惩罚这样的故事，或者是没有添油加醋。

例如，当你感到愤怒、悲苦，一般的倾向是去抱怨某个人或某件事，而不是去了解这个愤怒与悲苦。于是，围绕着这个愤怒与悲苦的故事情节继续发展。当你完全体验了负面情绪，而不经由任何故事，它瞬间就停止。

面对其他难受的情绪时，这也是非常有力的工具，可以使人脱离情绪化反应的循环。吉姆有个八岁大的女儿，患了无法治愈的脑癌，因此，吉姆和他的家人在急诊室外度过了无数个失眠的夜晚，每次都只能等着医生出来报告女儿的情况。急诊室外的等待，堆叠累积成难以承受的痛苦和焦虑，吉姆发现，自己开始将情绪发泄在医护人员身上。

吉姆的家庭医师是与其全家人交情要好的老朋友，终于有一次，吉姆在家庭医师面前“溃堤”，泪流满面，泣不成声。这时，吉姆才惊觉，自己早就需要好好哭一场了。释放完体内累积的情绪，吉姆感到异常清醒且充满力量，觉得有必要和女儿的主治医师好好谈一谈。与医生会谈之后，吉姆订下长期作战计划，这让他有了全新的自信与力量继续走下去。他不必咬紧牙关才能忍住行动，不再质疑医生和护士的做法，不再抱怨他们做得不够好，失去女儿的恐惧，以及因女儿生病而激起的怒气，也不再深埋吉姆心底。

吉姆分享他的心路历程：“接纳自己的感受为什么变得如此困难？会害怕是理所当然的，觉得无助也是理所当然的，这些是我原本就该有的感受！”

当我们流泪、心痛时，别忘了，这世上原本就有一种心情叫作悲伤；当我们被激昂的情绪淹没时，别忘了，每个人都有过这样的时刻。每一次你经历自己内在的痛苦，它就一点一滴地消失，当你不再害怕看见自己的负面情绪，越来越能够面对它、接纳它，这些情绪就会逐渐离开，不再困扰我们。

法国文学家普鲁斯特（Marce Proust）说得对：“只有充分去经历了苦，苦才能真正被治愈。”相反，当你在经历某种情绪，仍然非常激动与深刻，那就表示，内心一定还有一些关于它的故事没被体验或接纳。

第三章

三个问题，翻转情绪

两个辛苦工作的工人在忙碌的周一中午一起吃便当。他们很快地打开便当盒。工人甲瞄了一眼餐盒里的东西，叹口气说："荷包蛋，我不喜欢荷包蛋！"工人乙看了他一眼，没说什么。

星期二吃午餐时，同一幕戏又上演了。工人甲看了餐盒里的东西后，抱怨着："又是荷包蛋！"然后嚷着说，"我最讨厌荷包蛋！"工人乙仍保持沉默。

星期三中午，这两名工人又一起用餐。工人甲还是兴冲冲地打开便当盒，看看里面有什么菜。"怎么又是荷包蛋！"他气得用手拍餐桌，大喊说，"我痛恨荷包蛋！"

这时，连看三天同一出戏的工人乙终于忍不住开口："我知道自己不该多管闲事，可是为什么不请你老婆换不同的菜色呢？"

这时，工人甲瞪了伙伴一眼，对他说："你别乱说好吗？午餐是我自己做的，不关我老婆的事。"

你或许觉得好笑："哪有人那么笨，既然是自己做的，为什么不做自己喜欢的？”

信不信由你，其实我们多数人也做同样的事——明明可以选择快乐，却老是想一些让自己不快乐的事。

有些人或许会说：我是因为某人做了什么才会这样，我是因为遇到某事才会那样，但朋友，或许这些事件都不是你能选择的，也不是你造成的，但你会有什么样的情绪，是因你的想法而来的。事实上，你仍然可以选择更积极的想法，或是拒绝某些想法，不是吗？

想要翻转情绪，首先，你要做的是质疑自己的想法，而不是认同它们，别忘了以下三个问题。

问题一 引发我产生这个情绪的原因是真的吗？

他“已读不回”你的LINE[1]，你怀疑他是生你的气，或是懒得理你；他跟你擦肩而过，面无表情，你猜他是故意装没看到，在想哪里得罪了他；他一个不经意的动作，你又开始

1　一款即时通信软件的名字。

联想……

麦克说："波特，你怎么搞的，眼圈黑了这么一大片？"

波特摇摇头说："我真是衰到家了！我在哈莉家，正拥着这可人儿跳舞，她父亲却走了进来。"

"她父亲认为跳舞是一件邪恶的事，于是就赏了你一拳，是不是啊？"

"非也，麦克！他老人家耳聋啦，根本就听不到音乐。"

我们的头脑很会编故事，即便故事多半是我们想象或虚构的，一旦故事被创造出来，就会按下情绪开关，生活的战争就这么被引爆。

丈夫不回家吃晚餐，妻子对自己这么说："我大费周章准备了晚餐，他却不回来吃。他一定是故意的。我早就知道他讨厌回家。"如果妻子继续想下去，往往添油加醋，对丈夫抱怨批评。受攻击的丈夫可能"以牙还牙"，并说出一些令她受不了的话。如此一来，更让妻子觉得她的攻击有理：“你看，他就是这样！”接着，上述恶性循环就会不断持续下去。

“这是对方的行为，还是我对此行为的诠释？”我们应该养成自我观察的习惯，注意在情绪生出的当下，我们是怎么告诉自己的。是不是在实情之外添加了东西？

比方，你抱怨朋友“她是在敷衍我”，这批判就是超出实情。事实是，她做了什么事情——譬如，她说她会打电话给我，而她没打；“她是在敷衍我”，是我添加上去的。以下例子，将有助于你分辨何者为“事实真相”，何者为“虚构情境”。

· “他没照我的话做”（事实真相）=“他凡事都和我唱反调，不照我的意思做事”（虚构情境）。

· “他说我做得不好”（事实真相）=“他是故意挑剔我，才会说那些话”（虚构情境）。

· “我的爱人移情别恋”（事实真相）=“因为我不值

得被爱，爱人才会离开我”（虚构情境）。

心理学家大卫·伯恩斯（David D.Burns）有感而发地说：“这是不良情绪的一个奇特现象——我们经常欺骗自己，告诉自己一些根本不是真的事情来制造痛苦。”

人之所以纠结，是因为太认真地看待自己的念头。想法本身不具有杀伤力，除非你紧抓着不放，对它深信不疑。想法本身不会给我们带来烦恼，是我们执着于想法才会带来烦恼。

你不能阻止你的头脑去产生念头，但你可以有意识地觉察它。只观察自己的念头，而不是认同它们。就好像我们盯着火炉里的火，却不再往里头添加木柴，不论火烧得多旺，若是不再添加燃料，火自然就会慢慢熄灭。同样的道理，如果我们能单纯看事情，不再添油加醋，愤怒自然无法再继续下去。所有情绪都是如此。

以下整个练习过程，是利用作家拜伦·凯蒂（Byron Katie）的四个问语来引导，通过这样的转念作业，去对自己的念头进行质疑和反问，让你不再陷在某一个念头里。想了解更多，可以参考《一念之转》一书或相关网站。

用四个小提问翻转自己的想法

你有个念头：小王是故意挑我毛病。

一、这是真的吗？

请自问："小王故意挑我毛病，这是真的吗？"然后安静下来，让答案由内心自动浮现。

二、你能百分之百确定这是真的吗？

请自问："我百分之百确定小王故意挑我毛病吗？"再次静下来，让答案自动浮现。

三、当你相信这个想法时，会如何反应？

当你认为小王故意挑你毛病时，你会如何回应？会对他做什么、说什么？（例如，对他不客气，加以还击，还是有其他的反应？）

请闭上眼睛，观想当你对小王这么做或这么说时，心里感觉如何。

四、如果没有这个想法，你会是怎样的人？

现在想象一下，如果你没有“小王是故意挑我毛病”这个念头时，你会是什么样的人。然后再想想，你有什么新发现。你看到了什么？感觉如何？

问题二
这个情绪，是我自己选择的吗？

情绪不是一种被动的反应，而是一种主动的决定。

为什么这么说呢？同样摔一跤，有人会生气或哭泣，有人却在笑；同样一句话，有人觉得气愤，有人却得到激励；同样是失恋，有人难过地说“我失去一个爱我的人”，有人却欣慰“我离开一个不爱我的人”。你想想看，这是为什么。

心理学上有一个著名的“ABC理论”。A指事件的起因，B为选择的解释和想法，C是事件的结果。相同的A可能导致不同的C，关键就在B。也就是说，如果B是正面的，结果也会是正面的。

生病住院，“这绝对是负面的事”，你或许这么想。但你可以再深入去想：如果这段时间你用来反省自己的生活，把这个月看成“强迫休假”，感觉是否不同？尤其生病期间，受到亲朋好友的关怀跟帮助，是否还觉得幸福与感恩？

当心情不好时，我们习惯解释说，“我闷闷不乐是因为我做什么都不顺”“我生气是因为他不够意思”“他伤了我的心”“我的朋友不喜欢我”，等等。还有些人常有口头禅，“都是你啦，你让我很失望”“都是我老板，让我压力很大”。我们常以为情绪是外来因素造成的，如此一来，你就成了无助的受害者，你是让环境左右，你是把力量交给别人并允许别人决定你的感觉。

要成为情绪的主人，首先必须认知到这个事实：“这个情绪，是我自己选择的。”你是唯一能在心中进行思想的人，也只有你能在自己心里思考，不是吗？

情绪不是反应，而是你的选择。一早醒来，你可以选择自己今天的心情，要快乐地过还是悲伤地过；受到别人曲解，你可以选择暴怒，也可以选择微笑；你与人起了争执，你可以耸耸肩，安慰自己“他今天一定是很不顺心”，或者自艾自怜地说“为何我老是碰到这种事”，后者一定让你越想越气。

生病住院，朋友没来探视，你觉得“他真不够意思”。你也可以换个角度想，“他真是体贴，想让我多休息”。很多时候，我们不能选择生活的境遇，但永远可以选择如何看待发生的事情。

当你失意的时候，整天沉浸在低落的情绪中。固然是一种选择，但你也可以看个电影、跑跑步、喝个下午茶，或者和朋友相约，打扮得漂漂亮亮去逛街，或者陪陪爱你的人，这些都不失为不错的选择。

美国的心理学之父威廉·詹姆斯（William James）说：“智慧便是以非习惯的看法去看同样的事物。”当你以新的角度去看一个旧的问题，你便摆脱旧的思考模式，这就是智慧。

几天前，儿子又在车上玩手机，在这种情况下，通常我都会对他生气，或是一路绷着脸开车。但这一次，我转过头去，对他说："要不要关掉手机，我们来聊聊NBA[1]最新的赛事。"你知道发生了什么事吗？他突然抬头看我，并且笑了。看着他讶异的表情，我也笑了。

我们的情绪的确是我们自己选择的。生活不会尽如人意，但如何看待世界，却随心所欲。

---

1 美国职业篮球联赛

你永远都有其他选择

我们也许会一遍又一遍想着同样的念头，以至于看起来不像是我们自己选择的。但一开始，的确是我们自己选择的。

如果有人羞辱你、批评你，除了反击，你还可以选择“不在乎”，可以选择“不让对方的话伤害自己”，可以选择“自我调适”或选择“反其道而行”——平常你或许会绷着脸，或许会恶言相向，现在你反而微笑。当你这么做时，你就不再是情绪的奴隶。

如果你意识到这不是你要的选择，而你也不喜欢这个选择的结果，要知道，你永远都有其他选择。

问题三 我要让这情绪影响多久？

陷入悲伤和痛苦中是一段不容易的历程，需要时间去调适，但到底需要多久，则见仁见智。我见过很多例子，有太多人遭遇失落已经好长一段日子，但仍然走不出来，原因就是：他们认为“时间可以治愈一切”，他们等着时间来抚平伤痛。可怕的是，这观念完全不正确。

事实真相是，时间只会不断流逝，它并没有任何疗效。

人们之所以需要时间，那是因为每当问题发生时，我们总是太入戏，总是那么激动、愤恨、痛苦，整个人好像着魔似的，根本无法沉静下来，所以时间是需要的。

当事发后几个月、几年，你可能觉得好多了，为什么？那是因为你变了，可能是你的想法和观点不同了，也可能你把注意力转移到人生的其他方面。总之，关键不在时间，而是在自己。

一位学生被女友甩掉，整个人崩溃了。书读不下，食也不下咽，经常以泪洗面。他已过了整整一年还没有好转的迹象，实在让人不忍。

我把一面镜子摆在他面前，要他好好想想："你看看自己现在的样子，父母千辛万苦把你养这么大，就是为了一个不爱你的人吗？"

"自己不想走出来，就走不出来。自己不打开心门，别人也不可能进去。"我告诉他，"早点放下吧！人生没有过不去的事，千万别把一时的过不去，看成一辈子的过不去。”

回想一下，几年前发生在你身上不得了的大事——不管是考试落榜、生病住院、亲人离去、受骗上当或受到屈辱、遭人诬陷……当时你气急败坏，你沮丧难过，你哭过、喊过，好像天就要塌下来了，然而在多年之后的今天，当你成长了，能以更成熟的眼光来回顾，你可能会一笑置之。为什么？因为你蜕变了，污泥已长出莲花，你已经超越了。

没有过不去的事情，只有过不去的心情。要脱离痛苦，并不是“能不能”的问题，而是在于你“愿不愿意”。想一想，那个人和那些事都已经过去，你现在的痛苦、难过，又从何而来？是不是你自己紧抓着不放，是你跟自己“过不去”，不是吗？

时间不能治愈所有创伤，必须自己学会治愈。用越短的时间放下，给自己留下的快乐日子就越多。如果你认为你需要更多时间，你就会耗费更多时间，同时也会受更多苦。就看你自己。

所以，我才会问：你要让这情绪影响你多久？

给自己一个期限

当我们难过、受打击、悲伤、害怕时，可以允许自己失落，但要给自己一个期限吧，三个月、半年、一年，在这段时间之内，你可以尽情悲伤，把所有不甘心、不快活等负面情绪尽情抒发出来，想骂就骂，想哭就哭都没关系。可是，哭过以后就要擦干眼泪，继续向前走。

X I N 心境 J I N G

第四章

好心境：你必须知道的那些事

01

事实就是这样

你是否有这样的经验，满心期待某个美好的旅行，到了当天下起大雨。“为什么早不下晚不下，偏偏在这时候！”你感到挫折，并期待稍后会放晴。不过，过不了多久，你会发现，再怎么沮丧，也不可能阻止天空降下雨来，你唯一能做的事就是接受它。

我们都知道与现实对抗没用，如果你去抗拒，就会挫折沮丧。那是你自己创造出来的，因为你没办法接受已发生的事。你说，“雨不该下个不停”“我应该瘦一点”“我老公（老婆）应该多关心我”“孩子应该认真读书”。我们感受到的所有不快乐，都是因为我们与事实对抗。

当你生气时，你气的到底是什么？是不是因为眼前发生的事不合你的意，某人做了一些你不喜欢的事，或是你遇到了某件不喜欢的事？

你觉得挫折沮丧，可是为什么挫折沮丧？是不是因为事情没有按照你想要的方式发生？当你痛苦难过的时候，你必定不愿接受那个事实，所以痛苦难过，对吗？

接受事实，并不表示你就此对自己的人生作壁上观，而是接受，内心才能获得平静。以下例子有助于了解：大多数人都曾经遇过倾盆大雨，必须找个地方躲雨。当然，我们都希望这场雨可以早点停止，但是，如果雨仍持续不断地下，我们就知道迟早还是得面对。

我们走回雨中，全身湿透，我们发着牢骚，甚至咒骂着自己倒霉，但这只会徒增不舒服而已。因此，我们不再期待雨停，而是走进雨中，去体验雨天的别样风情。雨并没有停，我们一样全身湿透，但是我们面对事件的方式，改变了对整件事的经验。

事实就是这样。下雨就是下雨，你能如何？天气热的时候就是热，你的伴侣脾气不好，你的老板个性怪异，你能怎么办？真相永远是一样的。无论你接受或排斥，事实都不会改变，会改变的只有你自己的心。

人们总是期待许多事情：良好的天气、完美的伴侣、喜欢的职位……有些人期待有一天配偶会听他们的，有些人等待老板的赏识，有些人指望孩子突飞猛进，有人祈求心想事成……有一天你将会觉悟：并非事实跟你作对，而是你没有跟事实妥协，那就是为什么心一直无法平静欢喜。

生活并不是期待风平浪静，而是要去学习如何在风中飞翔，在雨中跳舞。

02／生命的真相是不圆满

宋代诗人苏东坡所写的词《水调歌头》里，有这样的句子：“人有悲欢离合，月有阴晴圆缺，此事古难全。”

月圆，不久就会月缺；有花开，就会有花落。生命的真相就是不完满。有人才貌双全，却在情路坎坷；有人夫妻恩爱，却没有子嗣；有人家大业大，却子孙不孝；有人看似幸福圆满，却有着不为人知的不幸。没有一个人的生命是完美无缺的，每个人多少都有自己的缺憾。

有个人对自己悲惨坎坷的命运深感悲哀，百般无奈之下，他只能祈求天神改变自己的命运。天神对他说："如果你能够在人世间找到一位对自己的命运心满意足的人，我将为你改变命运。"于是，此人便开始出发寻找。他觉得对自己的命运感到心满意足的人很多，应该很容易找到。

首先，他去找他认为最应该满足的人——国君。他来到皇宫，询问国君是否满意自己的命运。国君叹道："我虽贵为国君，却日夜提心吊胆、寝食不安，我担心在王位上能否长久，担心国家能否长治久安。事实上，我没有比一个流浪汉过得快活。"

那人听了国君的话，不免感到困惑，于是他找上流浪汉。远远地看过去，晒着太阳的流浪汉，看起来是那么满足，那人觉得自己找对了人，于是上前询问。流浪汉奇怪地望着他说："你开什么玩笑？我每天过着食不果腹、衣不蔽体的生活，怎么可能感到满意？"

那人还是不甘心，到处探访，询问在各个阶层，从事不同工作的人，但每个人都对自己的命运不满意，人人都有所缺憾。最终，这人也有所感悟，从此不再抱怨自己的生活。这时，天神出现了，问道："你现在是否还觉得自己的人生很悲惨？"

那人摇摇头说："不，我现在才明白，每个人的生活都有不尽如人意的地方。以前是我在苛责生活，才会觉得人生很不好。其实，在我的生活中，有很多令我感到满意的事，我现在很满足。"天神笑说："看吧，你的命运已经在改变了。"

佛法常被称为一种受苦的哲学，这看似消极悲观的哲学却能帮人"离苦得乐"。其中的奥秘在哪里？奥秘就在：从一开始就了解世界是不圆满的。既然是不圆满的，那如果有什么缺憾，也就不会因此而痛苦，因为它本来就不圆满。

想象自己正走在一个无人的巷子里，这时，如果有人恶作剧，突然从房子中冲出来尖叫，你的反应会如何。一定会受到惊吓，对吗？

好，现在如果有人预先告诉你，你还会受到如此惊吓吗？

尼采有句话说得好："参透为何，必能迎接任何。"如果以你现在的情况，你过得不好，你就需要花很多努力来变得更好；如果你能了解，人生就是这样，当你接受所有缺憾，那么你将变得越来越好。

03 如实接受，然后随遇而安

一般人都想追求快乐，逃避痛苦，这当然是错的。痛苦与快乐都是人生的一部分，你怎么能只要快乐而不要痛苦呢？

如果你一直想避开痛苦，那你将很难快乐。这就好比白天与黑夜，有白天就会有黑夜。如果你拒绝了黑夜，只要白天，你将是痛苦的。黑夜并不会带来痛苦，是因为你选择了白天而拒绝夜晚，所以痛苦才会产生。因为无论哪一天，在哪个地方，黑夜总是存在的，不是吗？

你说，这山峰很美，你可以选择山峰而不要山谷吗？你见过只有山峰而没有山谷的山吗？

你说，这朵玫瑰真美，但你不喜欢它身上的刺，然而，如果把刺都去掉，这朵玫瑰还存在吗？

所以，一个真正了解的人不会去逃避，一个已经领悟的人不会去抗拒那些不好的或不幸的事。一个成熟的人不会说："我只要喜乐，我不想要苦痛。"玫瑰与刺，就像快乐与痛苦，是不可分的。

有学生说，如果这些难题都消失，我的人生就完美了。

我的回答是，没错，这样就完美了，完美到……很无聊。

生活有酸有甜，才有体会；心情有悲有喜，才叫丰富；生命有苦有乐，才是人生。没有那些苦难，你不会知道什么是幸福；没有那些不好的感觉，你不会知道什么叫美好感受。如同打电玩没有困难的关卡，很快就会乏味。

19世纪英国作家王尔德（Oscar Wilde）说：“有悲伤的地方，才会有幸福。”世人大多无法了解这句话的意思。然而，除非你彻底去体会这层意义，否则一生将过得不明不白。白天如此美丽，那是因为有黑暗；生命如此灿烂，那是因为有悲苦。若没有忍受过艰苦，也就没有苦尽甘来的喜乐。

有个人去问一个禅师：“我们要如何避开冷和热？”

禅师回答说：“尝尽冷和热。”

这是很有意思的一则公案，那个问话的人其实要问的是：“我们要如何避开痛苦与快乐？”用冷和热来隐喻痛苦和快乐，是禅宗表达的方式，而禅师的回答一语道破，避开的最好的方法就是去面对，去尝尽冷和热。因为避免了痛苦，也就避开了快乐。

我们总以为保护自己免于痛苦就是对自己好。但真相是，我们只会更加恐惧、更加烦恼、更加痛苦。因为痛苦的产生不是由于事实，而是由于你无法“如实”接受它。

如实接受，然后随遇而安。勇敢地接受种种悲欢离合、喜怒哀乐交错的生命，做你现在正在做的事，受你现在所受的苦，以欢喜开放的心来面对这一切。生命的际遇并不都是美好经验，但你可以让经验变美好。

04 一切都是为了学习

生命，就像一所学校，你注册了，各式各样的课程在等着你。有些人也许会有感情的问题，另一个人可能会有健康的问题、人际的问题，或是财务上的问题。还有些人则是每种都会经历。

人们常觉得不解，有时越害怕的事越常遇到，越讨厌、越想避开的人反而越常碰上，越不想面对的问题和麻烦越是不断地出现在你身上……那是因为你老是学不会。

一位关系失和的人，他可能遇到相同问题的折磨。他可能离婚，又再婚，结果又重复一遍过去的苦难。除非他能从中学会该学的功课，学会自爱、自重、自我接纳以及接纳他人，否则悲剧将一再重演。

问题是无知的一部分。谁会遇到问题呢？只有那些还不知道的人。所有我们将经历的困难和挑战，都是上天为我们最欠缺的能力刻意安排的训练。事情进展不顺利，也许是要你学习耐心和顺服；受骗了，也许是为了让你学聪明；受伤了，也许是让你学习坚强；痛苦了，也许是要你学会放下；失去了爱，也许是让你学习爱，让你了解爱。

每一种遭遇，每一个问题，都是为了让你体会自己拥有的能力，体会你能从生活中活出更多的可能性。每一种状况，都会让你开阔眼界，累积见识，一点一滴地成长，最终成长为我们能成为的最好的样子。

所以我常说，要把负面挫折转成正面的礼物。并不是说人生没有负面，而是有智慧把它转成正面的，这是一个学习的过程，当你学会以后，之前的问题也就不存在，或即使发生也不再困扰或烦恼。

你可以回想一下，过去某个时刻，发生过你不了解的事，现在，当你以成人、更年长、更成熟的眼光回顾，有没有发现自己从中学到什么。也许你从那里学到最多，也许因为那个经验，你做了不同的决定，也许改变了你的路，也许你选择了不同的人生，对吗？

没有错误，只有学习。《灵魂符码》（*The soul's code*）一书中有句话："人生没有可遗憾的，没有走错的路，没有真正的错误。用必然的眼光看我们的所作所为，只是本来就要做的。"

在你人生的路上会遇到许多难题，那些功课是你的，你要去承担。走错了，就当是在看风景；多走了，回忆里就有更多风景。只要勇敢迎风向前，并尽全力学习，把成长当目标，那么你的人生将会因此改观。

05 信任上天的安排

在读这篇文章前，请停下想一下，你花了多少时间，努力让事情如自己所预期地进行。我想，多数人都是这样，甚至未经思考就这么做了，因为我们相信唯有如此，结果才会变好。

但事实真是这样吗？你能很肯定地知道怎么做才会是最好的？不，你不能。

你可以回想生活中事情开始好转的一些时刻，也许你获得新工作，也许你遇到你的爱人，也许事情峰回路转让你美梦成真。你将会感到讶异，生命中许多好事都发生在最意想不到的时候。

“记得我第一次失恋时，我伤心欲绝，于是向上帝哭诉：您怎能如此对待我？”一位朋友对我说，“我当时不知道，分手后我会与雅妮相识，我也不知道日后我会和她结婚。如果我没有失恋，我也不会参加那次联谊会，我们也就没有机会共同创造今天所拥有的一切。”

有个人遗失了一枚金币，正当他在草丛中找寻那枚金币时，却发现一个巨大的宝藏，他原本找寻的并不是宝藏，而是他遗失的那枚金币。同样，当你遗失某物，在你找寻的过程中，可能找到另外一样东西。

我们所有人难免会遇到离开我们生命的人。也许这人让你倒退不前，可能他让你难以展翅高飞，或许是因为上天想把你带入新的轨道，而这才是最适合你的生活。

《犹太法典》说："上天所做的任何事，都是为了最好的结果。"上天安排每件事，必定有他的美意，我们之所以会觉得懊恼失望，那是因为我们并不了解上天的整个计划，也无法以较长的视野来看眼前发生的事。

承天禅寺的开山住持是著名的广钦老和尚，他在生前经常倡导一句话："好也笑笑，坏也笑笑。"因为一件事情的好坏，不能只看当时。今天在你看来是件好事，可能明天变成了坏事；相对来说，在明天看来是个坏事，很可能到了后天又变成好事。

所以，不要判断，也不要去谴责。信任上天的安排，并且抱持信心生活，相信每一个选择都引领智慧。

过去，当我觉得事与愿违时，我会想着，真倒霉，为什么事情都不顺利。我会想着，这下完了，要怎么办。但现在完全不一样……一切都还没结束，我不会急着下定论。有些时候，我也想知道，看看会发生什么——我把结果交给上帝。

建议大家：当内心乌云密布，晦暗不明的时刻，你可以在心里想象乌云和天空，相信乌云之后必有晴空，将激发一种更大的信心，因为，时候到了，乌云自会散去。

06 坚持下去，相信希望

暑假上合欢山，可惜天公不作美，连续的锋面使得天气时阴时晴。刚才还是蓝天白云，须臾间云雾袭来，壮阔的景致消失得无影无踪。正感到失望，没想到忽然云开雾散，拨云见日，从松雪楼远眺屏风山，奇莱北峰清晰地呈现在眼前。

这出乎意料的景象转变，在眨眼间彻底改变了我的视野。但更妙的是，改变的部分其实很少，山峦景致还是一样，只是云雾散去，仅此而已。

我觉得这很像人生，有时看似愁云惨雾，转眼即海阔天空。唐代诗人王维《终南别业》有云："行到水穷处，坐看云起时。"当人不顺遂时，路也变得崎岖难行，如果我们能辨识出自己是置身低潮所致，懂得随遇而安，或是改变心境，往往烟消云散，豁然开朗。

这故事我曾一再提到。有一名男子生意失败，和妻子离婚，独子又生病，几乎经历了所有人生的不顺遂。他始终无法摆脱心中的沮丧，便到山中某间禅寺小住。

这间禅寺风景清幽，四周被竹林环绕，远望能见崇山峻岭，仔细聆听，还能听见虫鸣鸟叫，甚至听见远处的瀑布声。

尽管环境如此清净，男子住了一阵子，烦恼仍如影随形。更让他感到奇怪的是，老禅师始终没有跟他说些什么，更别说对他加以开示了。

某天夜晚，山区下起豪雨[1]。一向惜字如金的老禅师突然走到男子身边，对他说："你到外面看看，告诉我你看见什么、听见什么。"

男子到外头转了一圈，回到禅寺。

禅师问他："你看到竹林、山巅了吗？"

"没有，太黑了，我什么都看不到。"男子说。

"所以什么都没有吗？"禅师再次问。

"是的。"男子答道。

禅师微笑地说："不，不是什么都没有。外头有竹林、群山、瀑布……其实一切都在。"男子听了，恍然大悟。

当乌云密布，从地面上看来，天空可能是灰蒙蒙的，好

1 中国台湾地区气象局专业术语。当有连续降雨，而且一日雨量累积到 130 毫米时，会发布"豪雨特报"。

像太阳不存在。但是如果你搭飞机，一旦穿过乌云，就会发现太阳灿烂地照耀着。

有一首《希望之歌》（词：张凤仪　曲：曹登昌），深得我心——

当乌云遮住太阳，当夜晚没有星光
当泪水布满脸庞，当笑容全被隐藏
当歌声不再嘹亮，当热情成为过往
你是否怀疑自己，还有力量
有一种眼光，可以穿透乌云看见阳光
有一种坚持，越在黑夜越要歌唱
有一种力量，在软弱中更显坚强
有一种希望，只要相信就会有希望
当玫瑰不再芬芳，当大雨不停地下
当勇气失去力量，你是否相信希望

黎明并没有离得很远，但在到达黎明之前，黑暗必须先被经历。在接近黎明的时候，那个黑夜会变得更暗。然而，每个从黑夜走来的明天，都将会看到阳光再现。

亲爱的朋友，在最困难的时候，你能不能坚持下去，相信希望？

07 你有快乐的自主权

谁在决定着你的快乐或不快乐？答案是——你自己。

“这怎么可能？”你可能会想，“我卡在不幸的婚姻里，我怎么快乐？我的上司刁难我，我的孩子不听话，我的媳妇不孝，我如何快乐起来？”

其实，问题就在这里：“你一直说谁让你不快乐，但是为什么你不能让自己快乐？”一旦你把自己的负面情绪归咎于别人，等于要他们负责终结你的负面情绪，这正是你经常不快乐的原因。

我收到的读者的信件，很多是跟我诉说他们不快乐的恋情的。我发现，许多关系破裂，最大的症结往往在于其中一方认为自己的快乐是对方的责任。对方要是顺他的意就高兴，要是不顺就恼怒，关系便成了无止境的怨怼与折磨。

倘若另一方也认为自己有责任让对方快乐，也会过得很不开心。之所以不开心，是因为必须跟随对方的喜怒哀乐，心情也跟着阴晴不定。

常有人抱怨对方在婚前婚后差很多，其实，人依然是婚前那个人，只不过，彼此的认知变了——我们以为婚后对方理应会照顾我们，给我们幸福；以为婚姻是把自己交给对方负责，或是对方的一切换我们负责。

事实上，当你的快乐取决于别人时，你的不幸也会取决于别人。如果你等待丈夫或妻子、老板或朋友给你想要的一切，你就是把力量交给对方；你等于让自己陷入了失望的可能。就像一株被养在盆里的花，每天都等着有人来浇水，若主人忘了，就奄奄一息。

想拿回自主权，就是要为自己的快乐负起责任。问自己："有没有什么事，本来是我自己的责任，但我怪对方没有替我做？"

"当我对自己的情绪负责，"一个抱怨连连，使家人和朋友都无法忍受的妇女表示，"我便不会再那么沮丧，我会明白自己老是一脸哀伤，明白自己的不快乐只是一种怨恨，了解了自己只是想博取别人的同情，我可以变得较快乐些。"

"若我接受自己，对自己的快乐负责，"一位酗酒的先生说，"我会不再抱怨我喝酒都是因为老婆的关系，不会老是摆一张臭脸，不会再一天到晚看电视，愤世嫉俗，我也许不再自怜，不会像现在一样，伤害自己的身体，我会脱胎换骨，重新出发。"

当你开始负起责任，在刚开始的时候会觉得沮丧，但如果你能经历过那个阶段，不久你就会找回力量。因为现在你可以不必求别人，你不是奴隶，你已从别人手上拿回快乐的自主权。

有一次，我去一位朋友家，他妈妈认出了我。她说，自从看了我的文章以后，她想通了。“我发现自己大半生都在求人。我期望我的公婆、亲戚，还有先生和儿媳带给我快乐。回忆过去，我看到自己大部分的日子都不快活。直到我终于了解快乐是取决于我自己时，我才快乐起来。”

这就对了！快乐，是靠自己成全。当你对自己的快乐越负责，就会发现自己越有力量，也更快乐。这也是我多年来的体悟。

08 只有你可以令自己恼怒

当我和学生在一起的时候，听到过无数被伤害或惹火的故事。

“那个人真让我抓狂。”

“他伤了我的心。”

“这事毁了我美好的一天。”

“要不是对方做了这个那个，我也不会……”

听起来是不是很熟悉？世上其他人都是这样子，他们怪罪别人，而不是怪罪自己的感受。我们常有错误观念：“我的难过是某人或某件事造成的。”也正是这种想法，一再让自己陷在负面情绪中，久久不能自拔。

要脱离负面情绪恶性循环，只有一个办法，那就是要明了并记住：你是自己脑中唯一的思考者，是你的想法造成你的痛苦。

以前，办公室内有个EQ[1]低的同事，常常把气氛搞得乌烟瘴气。有一天，我实在受不了，因为他未经同意就翻动我桌上的东西。

我去找他理论，没想到，他反怪我小心眼，还大发雷霆说：“我怀疑你拿走我的东西。”真是恶人先告状。后来，我突然意识到，何必跟“这种人”一般见识呢？

这位同事的坏脾气让人不悦，但他没发现：真正让他每

1　情商。

天不舒服的人，其实是自己。

你无法控制他人的言行，但你可以控制自己对这些行为所产生的反应，而且这的确只有你能控制。

这故事许多人应该都听过。

有位学生家长猛烈地羞辱一所学校的校长，这校长连眉头都没皱一下。

许多老师私下向他请教：这种功夫有什么秘诀吗？

校长回答说："如果有人寄封信给你，但你不打开，你还会受内容的影响吗？"

有一个病人告诉我说，他的主管给他很大压力。我对他说：我接受了我主管给的压力，而不是主管给我很大的压力。这两句话是不一样的，别人可以给你很多情绪，你可以选择要不要收。

这个世界能伤害我们的都不是外在的人、事、物，唯一能伤害我们的，通过我们的内心起了作用。

医生每天看那么多病人，为什么不受影响？只要知道那个病不是你的，就不会被他们影响。

你的心属于你，不属于别人。你不可能因别人做了什么而使自己难过，除非你让他影响你，而使自己感到难过。你的难过，来自你自己的脑子、你个人对这件事情的诠释和反应，而不是来自别人的言行。一旦明白这个重点，便知道继续为你的想法生气、苦恼或难过，是很可笑的——就像写一封骂人的信给自己，然后又被信中的内容激怒一样。

09 虽不如意也快乐

就在几天前，一位学生跑来找我，他的困扰是女友总是迟到，每次和她约在某个地方碰面，他总是要等上半个小时。他问："我要怎么办才好？我等得不耐烦了，所以当她抵达时，我的态度便有点恶劣。我怀疑她到底在不在乎我呀！"

"也许她也怀疑你不在乎她。"我说，"男人等女人是很平常的事，女人在离家之前有太多事要做。你的问题是，当你在等待时，你却想着不该在此久等，所以你就破坏等待的经验。”

我建议他：“这段时间，你可以看看四周发生了些什么事，欣赏风景，拿本书来读，甚至看看手机都可以，何必坚持女友必须到来？”

当你面临一个自己无力控制，却又打从心里讨厌的情境时，可以有两个选择：你可以暴跳如雷，自怜自艾，然后把自己弄得身心俱疲；你也可以放过自己，不再花大量的时间活在“自己的脑海里”，去注意周遭发生的事情。

记得有一回全家旅游，孩子不小心弄丢了她极喜爱的手表，到处都找不到。

于是我要她自己做个选择。“那只手表已经掉了。”我说，“你可以把这几天假期，全部用来为这只手表难过。或者，你可以丢在脑后，然后继续和大家一起高高兴兴地度假。”

她很聪明地选择了后者。快乐本来就是一种选择，是一个决定。你决定要快乐，你就可以找到快乐；你选择痛苦，就会找到痛苦的理由。

人生不是非A即B，而是A、B可以同时并存，即两种相对的情绪可以同时存在。

也许你与爱人常有冲突，这没有什么大不了的，你不必为此而不快乐。换个想法：“我们虽然不是事事意见相同，但是我们还是很爱对方的。”

你可能常为自己订下类似“要升某个职位”“要赚到多少钱”“得到某些东西”“完成某个计划”的目标，并因为没达到而不开心。但你是否想过，为了追上你想要的目标，你牺牲了多少快乐？

如果抓不到甲虫，还有温暖的阳光与淡淡幽香的树叶；如果钓不到鱼，还有河岸风景与草上发亮的露珠。何必限定自己只有抓到甲虫或钓到鱼才能快乐？

放下“唯有怎样才快乐”的执念，深呼吸一口气，把念头转到别处去，看看窗外美丽的远山，看看那蓝天白云，你对于眼前这片美景的感受，不应该为某人的错误或某样东西的失去而化为乌有。找找看，那个让你痛苦的是什么，那个害你心情烦乱的东西在哪里，那些不过是你一念的执着，不是吗?

人生虽不如意，也可以快乐。快乐不是来自外在的人、事、物，因为它们不会永远如我们所愿。就像免不了有下雨天一样，你最好喜欢下雨天，喜欢下雨天的人，一定会比不喜欢的人快乐得多。

10 多留意美好事物

不论任何时候，你的情绪都取决于你专注的焦点。

如果你行经公园，注意力放在垃圾桶上，喃喃抱怨到处都是垃圾，走起路来绝对不会快活。但如果你选择将注意力放在花花草草上，感受就完全不同。

骤雨过后，你注意着每一个步伐，害怕太大的步伐会扬起水花溅脏了裙摆，生怕泥浆会弄脏了你的鞋子。但若能抬起头来，你就可以发现叶子变得翠绿，雨过初晴的天空真美。你已经创造出全然不同的体验。

一首很老的诗说：“两个囚犯从监狱的铁窗望出去，一个看到了地上的泥土，一个却看到了天上的星星。”在生活中你留意什么，就会发现什么。

作家诺曼·文森特·皮尔（Norman Vincent Peale）讲起在一个大雾弥漫的早晨，横渡哈德逊河的经验。渡船上挤满了上班的乘客，都在咕哝埋怨这鬼天气。他年迈的母亲那天也在渡船上。她靠着桅杆站着，似乎一点也没觉察到这阴冷的天气，她说：“诺曼，你看这雾是不是美极了？浓雾笼罩中，钢筋混凝土的高楼变得这么柔和，树木也显得更加青翠欲滴，多美啊！”

他顺着她手指的方向看过去。“这样一看确实很美，”他说，“我们所有赶早班的人看到了天气消极的一面，搞得自己心情不好，而母亲从中发现了美。”

人生中不愉快的事总是有的，想拥有美好生活，并不是拿个袋子把头罩住，或是咬咬牙就能把消极的思想赶跑，而是要学会多留意美好事物。借用灵性导师与作家玛莉安·威廉森（Marian Williamson）的话：“我们允许自己承认事情真的如此美好的时候，喜乐就这么产生了。”

下次当你发现自己被负面的情绪控制时，不妨做以下的练习。

1.现在觉得难过，因为……

2.……的感觉是人之常情。

3.我现在可以做什么事让自己快乐一点？

第一句是肯定自己的感受；第二句是提醒你，负面情绪是身为人类都会有的经验；第三句有助于你转移焦点。

如果你不断陷入低潮或沮丧的心情中，不如去找个比你遭遇更大困境的朋友聊一聊。要是你闷闷不乐，去看一部精彩的喜剧片可能会有帮助。如果你正在生某人的气，与其继续思索他人的过错，还不如去做点儿别的事情，比如翻翻杂志、洗洗衣物、泡个热水澡、来个涂鸦、用笔抒情或是到郊外走一走，看看远山绿水。当你注意力转移了，情绪也就跟着改变。

有个学生在父亲去世后，消沉了好几个月。我问她："最近是否感觉好些？"

"没有，"她说，"当我想到失去父亲时，就觉得很伤心，只有在专心做别的事时，那伤痛才消失不见。但这让我觉得愧疚，于是我又将注意放在伤痛的想法上，所以一直笼罩在悲伤中。"

"为什么要把注意放在伤痛上，你也可以怀念一些对父亲的美好记忆和快乐的事。"当焦点转换，哀伤也从悲惨的遭遇变成了美好的回忆。

对待生活就像对待自己的照片一样，要摆在最好的角度来看。多留意美好的事物，你就会发现世界原来这么美好。

11 你关注什么，就吸引什么

当我们检视自己的情绪，就会发现我们一直处在起伏不定的状态中：第一天开心，隔天沉闷；这一刻微笑，下一刻绷着脸。有时大而化之，有时连芝麻大的小事都能困扰我们。在这情绪变化之下，究竟是些什么？

如你已了解的，同样一件事，如果用不同的观点去看，就会有完全不一样的感受。不同观点来自不同的意识层次。

一般而言，在每个美好情绪下，是感恩的高能量状态，而绝大多数负面情绪之下的，是某种不满足的低能量状态。

有些人一直活在不满足的状态里。他们满腹牢骚地过日子，抱怨这里不对那里不好，老是注意自己缺了什么——我不够漂亮、不够苗条、不够聪明、职位不够高、他对我不够好，当然还有钱永远赚不够。可怕的是，就在我们心中存在对现状不满的想法的那一刻起，心就与较低的能量联结。

根据吸引力法则——“关注什么，就吸引什么”，你所关注的事情往往最有可能出现在你的生活当中，也就是——你的意识和想法会吸引那些你所注意的事物。譬如，当你看一个不顺眼的人，越看着他，你会感到越不顺眼；当你正在想一件令你困扰的事情，总是越想越困扰。你注意力的焦点（你的意识）将变成你的真实存在。如果不断地扮演受害者，保证你会继续困在自己无止境地散发出来的负能量之中。

幸运的是，反之亦然。如果你心中一整天下来想的是喜乐、平安、富足与感恩，这些想法就会让你与同类事物联结。如果你将焦点放在生活中的好事上，你会发现好事。

所以，在你谈话和行动前，请先仔细思考。每当你选择负向能量时，也等于放弃了正向能量；当你专注于恨意时，就表示放弃了爱；当你专注于不满，就会郁郁寡欢；当你专注于危险，就会活在恐惧中；当你选择去看生命中失去的部分，就会活在沮丧当中；如果你老喜欢怨东怨西，那你就注定要哀怨一生。

凯洛琳·梅斯（Caroline M. Myss）在其著作《无形的有力行为》中说过一个故事。有一位年轻人变得十分消沉，决定回到自己的公寓自杀。当他站在街角等一辆车通过时，驾驶座上的女性正好看着他，展现出灿烂的笑容。那笑容充满温暖关爱，使年轻人相信世界上仍有善良，便打消了结束生命的决定。一旦与较高的意识联结，就能从中获得力量。

你必须经常这么提醒自己：“我现在把自己的意识专注在什么地方？”并问：“这是我想聚焦其上的能量吗？”

以情绪作为指标，可以帮助我们知道自己置身哪一种意识层次。若你心情是美好的，就意味着你专注于拥有的；而若你觉得心情低落，就表示你专注于自己欠缺的。若你感觉是愉悦的，就意味着你置身正面思考；而若你觉得不愉快，就意味着你置身负面想法当中。此时就该转念了。

12／平静的心灵

许多人以为，我们生命能量的来源主要靠饮食和运动，其实，真正的生命能量源于你的心灵。不知道大家有没有这种经验，难缠的客户和吹毛求疵的老板让你累了一整天，下班回到家里，整个家里一团糟，你觉得很疲惫、厌倦，突然好友打电话来邀聚餐，你立刻精神一振。你不需要做什么，甚至不需要喝杯茶或咖啡，疲倦就消失了，你变得精力充沛，跟朋友聊到半夜。因为你的低能量已转变成高能量。

当心灵能量充盈，人会充满旺盛的生命力及建设性，心境也会开朗、有朝气。相反，当精力不足时，会觉得疲惫，缺乏企图心，对人、事、工作与困境等，都会有种无力感。

为什么有人一直处在低能量状态，很容易觉得疲惫，精疲力竭？即使是早晨起床的时候，也是很疲倦？这是因为我们的能量一直在耗损。

最常见的就是爱生气。你有没有见过，一个人对另一人发怒后，会感到虚脱？有时人发点脾气很正常，压抑情绪能量，就等于压抑你本身的生命能量。但如果脾气发得太频繁、火气太大、生气的时间拖太久，就会产生不良后果。

很多人一旦发现事情不如预期，常把人生虚掷在懊悔与愤恨中无法自拔；有些事已经无法改变，或是超出你能控制范围，这都是在虚耗自己宝贵的能量。

又譬如，有些人在赶往机场或火车站的路上，因为怕来不及，就每隔一会儿看一次表。但是，频频看表，飞机和火车也不会等你，路上的人和车也不会让路。这有什么意义？你必须问问自己："这到底有什么好处？"紧张和焦虑并不会造成任何的改变，不是吗？

通常我们心灵是散乱的，有些能量被纷扰的思绪耗费，有些能量被不稳定情绪耗损，还有无以计数的能量被思虑、恐惧、怀疑、谩骂、憎恨、批评、欲望，以及胡思乱想、抱怨连连等耗掉。就像一个有许多洞的水桶，每天你都装满水，但它很快就漏光。

要如何保存能量？关键就在"平静的心灵"。当我们的心静下来时，能量也就保存起来。比方，当有人对着我们叫骂，我们的习惯是：骂回去，骂得更大声。这样做就是在对外放出能量。我们都了解，只要有对抗就会有冲突，就会有对立，而冲突和对立，又会引发愤怒、怨怼、攻击，然后就没完没了。反之，只要让自己心静下来，什么都会消失。

你不需费心为自己辩护，只要沉静下来，你的举止本身，就是最好的说明。你不去争执，只要沉静下来，正确的言语自然就会产生。你不需刻意去控制情绪，只要沉静下来，心自然平静。

平静即和谐。而当内心处在和谐之中，你将不会抱怨任何事。你可以观看自己是否经常抱怨，抱怨你的处境、抱怨别人，甚至抱怨天气。抱怨的头脑只是在指出你内在的不和谐，也不可能平静。

威廉·布莱克（William Blake）说得对："能量是种喜悦。"如果你停止任何抱怨，高高兴兴地接受每一件事，不再耗费能量，你将会知道不抱怨的生活是多么和谐喜悦。

13 放下完美，人生更美

接近凌晨两点钟了，宜芬还在写她的报告，今天中午得交给教授批阅。这已是第五次修改，稿子已经改得够好了，但她还是觉得不如想象中的满意。所以，她又把稿子撕了，从头再来。

很多人逃脱不了不完美的纠缠。有时，会让自己活得很累，别人不以为意的小事，在他的眼里都无法忍受，哪怕是无关紧要的细节也不肯放过。这种个性也会影响周遭的人，他们对人要求很高、很挑剔、很难搞，甚至是吹毛求疵。完美做过了头，反而比不完美更糟。

有人说："当一个人标榜他凡事要做到十全十美的地步时，他的容身之处就只剩两个地方：一处是天堂，另一处是疯人院。"这是真的。

《纽约时报》报道，曾以完美主义者为对象的研究发现，这种人在事情发展不如预期时容易紧张或失控，有罹患精神疾病的风险。一些看似无关的精神疾病，如抑郁症、强迫症或成瘾行为，可能都和完美主义性格有关。

英国伦敦一间精神病院的院长对记者说："在这间医院里的精神病患者，如果他们不再怪罪别人，而且宽恕令他们引起罪恶感的内疚和过失的话，这里一半以上的病人都可以痊愈出院了。"

我认识一位设计公司的老板，她对下属的要求特别严，一点错都不能犯，而且很凶，后来因为失眠焦虑，得了精神官能症，每天都过得很苦，这阵子她改变了很多。

我探问原因，她说：“我想开了，人的一生没有多长，对自己或对别人要求那么高有什么用，到头来做不好，生气的还是自己。现在我决定饶了我自己，日子好过多了，大家也落得轻松。”

其实“人生一点也不辛苦，不痛苦”，是你“把自己的人生搞得非常辛苦、痛苦”，在《接受不完美的勇气》一书中，作者小仓广如是说。他引用心理学家阿德勒的例子，“有两种方法可以通过高度仅5英尺[1]的门，一种是挺直身子走过去，另一种是弯身走过去，若是采用第一种方法，势必会撞到门顶。”也就是说，觉得“人生很辛苦、很痛苦”的人，就像挺直身子穿过门，结果就是撞到头，要是能稍微弯身走过去，就能免受皮肉之痛。但大多数人都会怪罪“门太低”，而不是反省其实是没有弯身的自己

1　1英尺等于0.3048米。

不好。

你觉得日子过得很苦，是你要求太高。达不到标准固然痛苦，然而，心念往往会聚焦在挫败上，更让人痛苦。所以，中国禅宗三祖僧璨大师才会说，真的解脱自在就是："对不完美无须忧虑。"

父亲节时，儿子做了张贺卡给我。我觉得图画得很好，只不过上色时，颜料有点不均匀。但是，不论我跟他说我多喜欢这张卡片，他的心思就是一直放在上色不够完美上面。

"不完美，真的没关系。没必要为了一点小问题就不断认为自己很糟糕。"我告诉他，"你想追求完美，却因为一点小瑕疵而不快乐，这反而是最大的不完美！"

古儒吉大师说过："当我们喜悦时，我们不寻求完美；一旦寻求完美时，你就错失了喜悦的源头。"放下完美，人生才会更美。

14 接受自己，接纳别人

要摆脱完美主义的纠缠，关键在于接受自己。任何人都有自己的长处和短处，接受自我，就是不但要接受自己比别人出色的一面，也要接纳自己不如别人的一面。容许自己有可能犯错，也会有黑暗的一面。

一个真能接受自己的人，也会接纳别人，你会发现其他人也是充满缺点的凡人。他们通常不知道这些行为所带来的伤害（对你、对别人、对他们自己），即便他们了解，他们还是可能做这些事。因为他们的家庭和文化背景、人生境遇，以及过去的行为模式还会让他们这么做。他们就像你一样会犯很多错，甚至一直错下去。

我们都听说，一个人如果不先爱自己，就不会真正地爱别人。如果你对自己严苛，也很难善待他人。如果你因为他们的行为而贬抑他们，你也会这样对待自己。

批判别人，是源自不接受自己；当你看到别人在做你不允许自己做的事情时，就会觉得不高兴，然后开始批判、谴责。如果你对自己要求很高，你也将以同样标准要求别人。反之，会批判别人，就一定会批判自己，所以每一次批判别人之后，自己都会受伤一次。你没发现吗？当你责骂别人，内心往往更不快乐。

为什么接受自己之后，比较容易接纳别人呢？以我的演讲经验为例，以前，看到有人在我演说时打瞌睡，我觉得这人真是懒散。后来，有几次在听演讲时，我自己也打瞌睡，这时，同理心就跑出来了。

人要有同理心，宽容就会出现。我们本来就不完美，但这不完美并没有什么不对，因为这是人的本质。你说别人自私，但你真的都没有私心吗？你看到别人犯了错，或做了你认为罪恶的事你就开始谴责他，而你从来没有想到，你也有贪念，你也会犯错、嫉妒、恐惧、愤怒……当你看到自己也曾犯下种种过失，谅解也就容易得多了。

人要活得快乐，就要有接纳自我的能力。想拥有美好关系也一样。

巴关（Sri Bhagavan）说："改善关系，意味着接纳别人真实的样子，不试图去改变他们。如果父母过去伤害你，宽恕必须发生。不是你宽恕了他们，而是你发现没什么要宽恕的。你明白父母也曾是个孩子，他们也曾被他的父母伤害过，因此，伤害一代接着一代。可能你的曾祖父身上发生过伤害，再到你的祖父、你的父亲，然后传到你身上。"要学会宽容，即使你是他们批判的对象。因为在某种层次上，那也是他们对待自己的方式。

要别人接受你的关键是，你必须先接受自己的缺点。唯有真心接受自己，你才会真心接纳他人。要接纳别人，是要先体会别人的感受，不是先保护自己的感受。唯有你真正面对过痛苦，你才能对别人说："是的，我了解你的痛。"

15 让别人做他们自己

我最不会做、不喜欢做的，就是要求或强迫别人去做什么事。因为我自己也不喜欢被人要求或强迫。谁会喜欢？

有个喜欢听音乐的人告诉室友：“这个音乐很好听耶！”室友告诉他：“可是我很怕吵，我听音乐就无法专心读书。”爱听音乐的室友自顾自地说：“你听不出来吗？这音乐怎么可能会吵？”

你会觉得如何？

每个人都不同，对你而言，看来“就是这样”，别人看来却“未必这样”。我们浪费了许多时间与精力，试图让别人认同我们的见解，甚至想改变别人，就像要求或强迫你去做“不喜欢”的事，你会喜欢吗？

所以，每当与人意见相左时，我会想：“我认为对的事情，真的就对吗？放在别人身上，也是对吗？如果不是的话，两者要如何共存呢？”这样的思考，让我进一步有了包容和接纳，于是，我不再坚持己见，也让别人做他们自己。

想起一位老友和母亲水火不容，每次放假回家撑不过两天，两人之间的战火就会自动点燃，彼此甚至不愿意对话。有一次，我被请去当和事佬。由于他母亲已近八十岁了，我心想，劝年轻人应该比劝老人胜算大。所以我问朋友：你们为何不能好好相处？他说没办法接受母亲的做事方式，甚至在讨论同一件事的时候，他们也无法认同彼此。

我问他：母亲活到这把年纪了，期待她改变做事方式以迎合自己，这样是否不务实？他想了一会儿，也赞同母亲处事方式根深蒂固，很难改变。于是他同意，尽量顺应老人家。就这样，他学着让自己更柔软，不再试图改变对方。

几个月后，他打电话来，用很惊讶的语气对我说："奇迹发生了！我老妈好像不再跟我唱反调，而且比较能沟通。这太神了，我什么都不说，她反而改变了。"

沟通其实不难，但如果你是要改变对方，那是很困难的。我们越想去改变对方，对方却越难改变，越想要控制别人，越会在关系中失控。反之，你给别人多少自由，你就得到多少自由，当彼此越自由，感情就越亲近。

不为什么，因为你想做自己，别人也想做他自己。假如我们真的是自己的主人，便会明了别人也具有相同的力量，并清楚别人不是我们能掌控的，因此不会有控制别人的想法。

有位女士与我分享，在她参加过一门沟通的课程之后，整个人豁然开朗。每当她意识到自己又开始觉得先生应该怎样才对的时候，立刻提醒自己放开那种想法，只是很单纯地去倾听对方的想法，以及他的感受。她恍然大悟：“我始终觉得他不应这样，他不该那样，可是，这就是他真实的样子啊……何不让他做自己，这种松了口气的感觉真好！”

完形治疗法的创始人皮尔斯（Friedrich Salomon Perls）写道：“我做我的事，你做你的事，我活在这世界上，不是为了你的期待，而你活在这世界上，不是为了我的期待。你是你，我是我，如果在偶然间，我们发现了彼此，那很美好。如果没有，那就算了。”

不要抱着这样的想法进入关系里：我可以改变这个人。你要么就接受他们原本的样子，要么就走自己的路，过自己的生活。

当你不再想去改变别人时，关系是美丽的，因为你了解了每个人的独特性。决定放手让别人做自己，你就不会随他们起舞。这样又怎么会有纷争呢？

16 多爱自己一点

你爱自己吗？你如何爱自己？同事分享了一篇网络文章《灵性成长·吸引力法则大解密：真正爱自己》，里面有段对话，我觉得很有意思。

心灵导师：你——爱自己吗？

一般大众：废话！我不爱自己，爱谁？

心灵导师：怎么个爱法？

一般大众：早睡早起、饮食健康、运动健身、美容敷脸，以购物美食慰劳自己……

心灵导师：很好，这些的确是爱自己，都是属于“外在”的爱自己。那么，“内在”呢？

一般大众：什么意思？

心灵导师：身体累了，你可以睡觉来爱自己。心累了呢，怎么爱自己？觉得少了件衣服，你可以买衣服来爱自己。心少了什么呢，怎么爱自己？

一般大众：没想过耶！

心灵导师：再问你一次，你真的爱自己吗？

一般大众：……

是啊！真正爱自己，绝不只是点一顿大餐犒赏自己或在五星级饭店住一晚，而是必须从内心做起。否则吃完大餐，住过饭店之后呢？

要如何从内心爱自己？

一、接受自己的缺点。有人很难爱自己，因为他们无法接受自己的缺点，但是缺点也是你的一部分。当别人不喜欢你的时候，你要更爱自己一点，因为，如果连你都不喜欢自己，别人就更不可能喜欢你。

二、停止自责。这点非常重要。如果我们骂自己是失败者或笨蛋的时候，你会有什么感觉？你会觉得自己很糟糕，或对自己更不满。可是，如果我们能用对我们所爱的人说话的方式，以及安慰朋友的方式来自我对话——你已经做得不错了，犯错是人之常情，我永远支持你——感觉是不是完全不同？

三、不与别人盲目攀比。不要拿别人的生活方式来衡量自己的生活，因为你和你的人生都是独一无二的，要怎么比？羡慕或嫉妒都是没有意义的，因为你不可能变成另一个人，也不可能过他的人生。

四、做自己，不迎合。生命太短暂了，不要浪费时间试图取悦别人。别人喜欢你又如何，不喜欢又如何？人生是你的，重要的是你喜不喜欢这样的自己。若是勉强自己，就算有人喜欢你，你也失去了自己。

五、为自己负责。我们无法改变别人，能改变的只有我们自己。坏的生活不在于别人的罪恶，而在于我们没有为自己负责。如果连你都放弃了自己，就不会有人可以依靠。

六、自给自足。爱像棉被，真正使你温暖的是你自己的体温。不要依赖别人来满足你的需求。既然这是你自己想要的，为什么要通过别人才能得到？

七、对自己好一点。如果别人没有好好善待你，那是因为你没有好好善待自己。只有对自己更好，你才会变得出色，在别人眼里就有价值。

八、相信自己值得。你知道有些女人永远有人爱的秘密是什么吗？因为在她的心里，她认为自己是值得被爱的。她认为她是，于是她就是。

有位读者认为男友不在乎她，写信问："我那么关心他，为什么他都不重视我的感觉，都不在乎我？”“他怎么可以这样对我？”

“或许是你自己让他这样对你。”我说，“你认为某人不重视你的感觉，但是当你更深入去看这件事，也许会发觉，原来是你让他用这种方式对待你，其实你也不够重视自己的感觉。你觉得委屈，那是因为你处处委曲求全；你觉得他不在乎你，那是因为你太在乎他。表面上你认为别人亏欠你，但其实你是自己不够尊重自己的需求。”

我们总是苦苦地追求着“有人爱”，但自己不爱自己，或是为别人而失去了爱自己的能力。多傻啊！

17 这个人是我的镜子

我们常会假设别人跟我们具有相似的特质。单纯善良的人，以为别人也单纯善良；敏感多疑的人，常怀疑别人不怀好意；爱说谎的人，会怀疑别人也在说谎；小偷总认为每个人都是小偷。心理学将这种现象，称为“投射作用”。

《伊索寓言》中有这么一则故事。一条狗嘴里叼着一块肉，经过一座小桥的时候，看见水里有一条狗贪婪地盯着它，好像想抢它的肉，于是这条狗威胁地大叫，结果肉掉到水里去了。这即是投射作用。

投射就是你所看到的一切，都是你内在的显现。例如，一个神经质的人看似惧怕别人，但其实他怕的不是别人，而是自己心中的愤怒和敌意。他非但没看见心中的愤怒和敌意，反而将它们投射到别人身上，以为有人要伤害他。

再如，有些人对别人的批评相当敏感，即使别人并没有批评的意思，却经常“对号入座”。只要有人三五成群喃喃细语，就会神经质地认为他们是在谈论自己。若是偶尔听到从那边迸发出笑声，他甚至会误认为自己是被嘲笑的对象。如果听了些流言蜚语，他便认为，所有的议论全是针对自己而发。这其实都是投射在运作。

有位老师正在黑板上写字，突然听到学生在笑：“你们是不是在笑我？”

学生一本正经地回答：“不，不是！”

老师冷冷地说：“哼！这里除了我之外，还有谁可笑呢？”

人最在意、最敏感的地方，往往就是最令他自卑的地方。你会怀疑别人，那么你必定也怀疑自己，你会不断投射你的猜忌到你周围的人身上。所以，当你怀疑、批判别人时，马上要意识到“那是我内心的投射”，也许是自卑，也许是懦弱、嫉妒、恐惧，也许是无知。你生气、你批评的，其实是一面照出自己的镜子。

据说，赫鲁晓夫有一次受邀到巴黎，去欣赏一个现代画展。他是一个欠缺艺术素养的人，但由于对方盛情邀约，他就去了。

画展里有很多名画，他看了一幅画，然后说：“我真搞不懂，这幅画看起来很丑，这也算名画吗？”

那个带他参观的人是很著名的艺术评论家，他说：“这一幅是毕加索的画，它是本世纪最美的画作之一，但是它需要被了解，它并不是那么平凡，你必须提升你审美的水准和敏锐度，唯有如此，你才能够了解它是什么。”

他们继续走，赫鲁晓夫心里觉得不太舒服，他从来没有想过，竟然有人敢说他缺乏了解、审美不够。

然后在下一幅画面前，他站了几分钟，非常专注地看了看，然后说："我认为这一幅画一定也是毕加索画的。"

那个评论家说："对不起，先生，这只是一面镜子，你在里面看到的是你自己。"

就像镜子一样，所有的人、事、物都是你内在的投射，了解了这点，你对别人的看法就会截然不同。只有傻子或疯子才会对照出他容貌的镜子生气。

18 阴影，是因为我们还没有照亮它们

当你觉得气愤，认定你是被伤害的一方，是对方造成你的痛苦，在你准备指责对方或要发作前，请先沉静下来——向内看自己。

看看这伤痛是怎么引发的。唯有在已经有伤痛的地方，别人才能让你痛苦。有人嘲弄你或打击你，你听了非常生气，你说：“我最讨厌人家这样说我。”为什么你如此讨厌？

想想看，若有人说你是酒鬼，但你根本不喝酒，你会生气吗？你会觉得奇怪："这个人怎么了？他是不是头脑坏了？他的话跟我一点关系都没有。"你不会被他的话影响，因为他的话对你没有意义。

然而，如果你真的很爱喝酒，甚至嗜酒如命，那么当有人这么说你，你就会很生气。为什么？因为他说到了你的痛处，对吗？

痛处，就是心理学家荣格（Carl Gustav Jung）所说的"阴影"。简单来说就是，我们不能或不愿接受自己身上的某方面，我们隐藏它们，是因为它们不是我们的理想形象，不符合自己的期待。

要如何辨识？有一个简单的方法，就是找出他人身上令我们厌恶的特质，仔细审视。当有人显现"阴影"，我们会感到不快与不自在。

比方说，如果你察觉到某人"自私"或"虚伪"，而你只是知道他有这样的行为，却不会有特别反应。如果你对此人的行为感到厌恶，或是想要批判，那通常就是你的阴影。

另一个普遍的例子，就是父母不能够接受自己的缺点（例如懦弱或粗心），当他们发现自己的孩子也有同样的表现时，往往就会对孩子有强烈的反应，立即去纠正孩子的表现。相对来说，对于孩子其他方面的缺点，他们可能比较容易接受。

通常我们最受不了别人的部分，也正是我们无法接受自己的部分。那些我们批评得最厉害的人，通常就是被我们否定、压抑、抗拒的内在特质。反过来，别人对我们造成的伤痛也一样，都是一种指引，点出我们内在的阴影。

下回当你的情绪出现时，先内省一下，看看这情绪是怎么引起的。

有人说你无能，你听了非常生气，请想一想你为什么会如此生气。是不是因为你也怀疑自己的能力，是自己过于敏感，还是自信不够？

你厌恶某个人，为什么？你讨厌他自私，但你是否也有私心？你不喜欢他表里不一，有时你是否也表里不一？你说他“什么事都不做”，是不是你也“不想做”？

一开始，你可能会为自己辩解，“我才没有”，就像喝醉酒的人总喊着说：“我才没醉。”原因很简单，如果我们承认它，就不再是我们的阴影了。

要照亮阴暗面，坦然承认并接受自己的“阴影”，承认自己也有自私、粗心、虚伪、软弱、失败的一面，我们就不必继续武装自己，也不会为了别人几句话就抓狂。

19 诚实接受自己的情绪

情绪是天赋的本能，情绪本身不是问题，如果情绪出了问题，有问题的不是情绪，情绪只是帮我们指出内在的问题。

举个例子，某人批评你，你觉得愤怒，愤怒并非问题，导致问题出现的是处理愤怒的方式。首先，你必须去感受自己的愤怒。在气头上时，我们习惯的反应是发泄怒气或隐忍。殊不知，这其实是“不去感受愤怒”的做法。更糟的是，怒气发泄了伤感情，若不发泄出来，问题更严重。

我见过这种模式一再地发生在许多男人和女人身上。女性压抑太多情绪，很容易变得悲伤或歇斯底里；而男性压抑太多情绪，就常会有暴怒与攻击的情绪或行为表现。一个向你发怒的人，其实也是压抑着某些愤怒，而当你身处同样状态时，也会以愤怒回应。

过去的事没了结，未来注定有心结。任何被整合到经验中的情感伤痛，都会随时冒出头。这种复杂的情感纠结，我把它简化成一个简单的循环：我们不当的情绪都是过去未解决的问题引发的。

过去的情绪累积成了愤怒，没有发泄的愤怒积压在心中，成了怨恨。怨恨转向自己之后，变成了悲伤。悲伤引发恐惧，生出了抑郁，变成沮丧的心情。

情绪和感觉之间的差别，就是过去和现在之间的差别。强烈的情绪，像愤怒、怨恨、悲伤、恐惧、沮丧和忧郁等，都与过去有关。而感觉则跟现在有关。情绪较之引发的情境，若是过度反应，便提供给我们一个抚平过去的机会。

赛斯说过："当我们感受到悲伤或沮丧等情绪时，先别去抗拒或否定它们，而是去接纳情绪，跟随它们进入心灵的更深处，如此一来，身心反而能够沉淀和宁静。"

就像一个好的客服人员面对顾客的愤怒时，想平息对方愤怒的方法，就是不断地认同对方的感受和困扰，当顾客听到客服人员能够明白自己的心声时，很奇妙地，顾客的心情反而会平息下来。反之，情绪越不被接纳，情绪的反应会越强烈。

接受情绪的意思便是，不要用对与错批判自己的情绪，只要去觉察自己感受到什么。你的胸口、腹部或脑袋里是否感觉紧绷呢？只要感觉，并试着让身体放松，吸气、吐气，感觉内心平静与安宁。如果你可以这么做，那么事情发生后几分钟，你就会觉得舒坦。

这是和我们的习惯背道而驰的做法。过去情绪激动时，我们会开始怪罪他人，并对这件事下论断，这个人很可恶、粗鲁、傲慢、自以为是，于是你做出反应，也因此陷入恶性循环当中。现在，你反过来检视自我，先了解自己怎么了，这情绪可能从何而来。

你可以问问自己："我是真的生此人的气，还是气那个以前和我还有未解决之事的某人呢？我是真的生这件事的气，还是此事令我想起过去我曾感到不愉快的事呢？"接着，让缓缓浮现表面的过去的人和事进入意识层，以看清事实的真相，并将现在和过去的情绪联结起来。

了解"为什么我会有这样的反应"，才不会把不当情绪转嫁给别人，或是在纷乱的情绪中随波逐流。

20 说出心中的感受

有个学生跟女友去逛街，他告诉她说："我等一下没办法陪你。"

结果，女友突然间生气了，跟她说话都不太理人，"真搞不懂"，他纳闷不解。

"她可能是希望你留下来，希望你能多陪她吧！"我说。

“可是她都不讲，我怎么知道？”这就是问题所在。想想，你对某人生闷气，但对方不知道你在气什么，这样不是很傻吗？

人越亲近，有时越疏离，因为我们都以为自己应该懂得对方，对方也应该懂自己，这样的主观想法，最容易产生矛盾。我们常假定“如果真的爱我，就理应了解我的需求”，但爱并不会让人具有通灵的能力。

参加学生婚礼，我常会问新人：“你对对方有什么期待？”通常，他们会不假思索地说出自己的期待。紧接着，当我问下一个问题：“对方对你又有什么期待呢？”这个时候，他们就不知道从何说起了。

我们对别人会有很多期待，但是对方可能并不知道。即使结婚多年也一样。因此，除非你已经告诉对方，否则绝不要说“他早该知道的”。

人际关系的问题往往源自彼此不明白对方的需求，而构成误解。别人如果不知道你的感受，当然就不知道怎么做，即使那是最爱你的人也一样，当你把自己的感受、想法、期待和恐惧隐藏起来，就像种在土地上不肯发芽的种子，看似受到保护，实则无法展现生机，最后在土里腐败。

当然，对人敞开心扉，就必须冒着受到反对及伤害的危险，但是我们若封闭自我，就无法更密切地联结和互动。

如果你曾经出国旅行，就知道语言不通会让人多无助、多有压力，有时候连最基本的沟通，像问路、饭店订房或餐厅点菜，都会使人倍感挫折而焦虑。但如果你有这种经验的话，就会知道，一旦双方了解彼此的意思，沟通清楚的时候，心里就会立刻感受到一股放松与愉快。

虽然一开始向人表露并不容易，不过你可以借着一次分享一点，减少你所感到的不安和脆弱，感受到其他的理解、支持、关心和爱。只要你愿意流露情感给人，很快就会发现更多的爱流向你。

我们又该如何表达呢？表达只是要对方明白我们的感

受，而不是要让对方为我们的感受负责。

今天朋友做了某件使你感到不舒服的事，你可以对他说：“出于……的缘故，我很生你的气。”“因为你做了……事，我觉得心里很受伤害。”“因为你……让我觉得很害怕。”这样让对方了解我们因他的行为所产生的感受。此外，在表达时，请尽量用“我”，而不是“你”的字眼。

例如，不高兴时，你可以说：“你没打电话给我，让我很难过。”而不要说：“你根本就不想打电话给我。”

要说“你这样批评我，让我心灰意冷”，而不要说“你凭什么说我”“你一天到晚只会批评我”“你跟你那无能的老爸没什么两样，难道不是吗？”因为这些话并不是让人了解，而是在骂人。

我经常建议伴侣要多鼓励对方说“真心话”。让对方知道吐露心声是安全的，是一件很重要的事，以这种方式了解彼此时，双方就会越来越亲近。即使会有冲突，但每经历一次，两人之间的了解便增长一分。

这里引用英国前首相班杰明·迪斯雷利（Benjamin Disraeli）的名言："永远不要为真情流露感到抱歉。当你这么做时，就是在为真话道歉。"

21 只要回到爱，正面的情绪就会自动显现

“爱是什么？”

“完全没有恐惧。”大师说。

“我们的恐惧是什么？”

“爱。”大师说。

人有各式各样的情绪，但分析起来，心灵深处只有两种情绪：爱与恐惧。所有的正面情绪都来自爱，所有的负面情

绪都来自恐惧。比方，妻子准备晚餐，丈夫迟迟未归，妻子很生气。如果你进一步了解，可能发现她是缺乏安全感，怕丈夫迟归是怕他不爱她。

愤怒的背后其实是恐惧，恐惧的背后则来自对爱的渴望。

伴侣们常生气说，“你老是加班”，“你老说那些话”，“你老是往外跑”。如果我们进一步探究，就可以发现，这些“气话”其实是掩饰内在对爱的渴望。如：

愤怒：你老是加班。

恐惧：我不如你的工作重要。

愤怒：你老说那些话。

恐惧：我怕你不在乎我。

愤怒：你老是往外跑。

恐惧：你不在我身边时，我怕你会抛弃我。

恐惧和爱是同一回事，只是表现的方法不同而已。当先生害怕被太太拒绝，常会变得强势或不耐烦；太太怕先生变心，常会变得善妒或占有欲强；当伴侣怕自己失去对方，往往就会以愤怒或不友善的态度来操控。换言之，所有情绪都是另一种形式的爱。

遗憾的是，人们常被怒火冲昏了头，一味执着于对方的表现，而忽略了内在蕴含的“爱意”，以致从恐惧衍生出愤怒、仇恨来对待彼此。

诗人泰戈尔（Tagore）说：“理解就是爱。”当我们对人有越深的了解，就会有越多的谅解，这就是爱。

所以，你若真心爱一个人，想了解对方，就必须深入探究，对方为什么会有这样的言行。不要因对方的言语触及你内心的敏感处或弱点，就反击回去。因为当你对某一个人有敌意时，你就没有办法了解他。

高灵伊曼纽（Emmanuel）提供了一个很实用的方法，他说：“我们一天到晚在做选择，你做每个选择的时候，停一秒钟问问自己，我这个选择是出于爱还是出于恐惧。”要臣服于爱，永远选择爱，而超越恐惧。比方，我对他说这些话，是出于爱或恐惧？我会去做那些事，是出于爱或恐惧？

想让一切变得更好，你只要选择爱……我建议大家，每当遇到有关爱的问题，你可以这样问自己：“如果是爱，我现在会怎么做？如果是爱，我会怎么决定？如果是爱，我会怎么处置？”

是的，只要回到爱，正面的情绪就会自动显现出来。你不必试图摆脱负面情绪，因为所有的负面情绪都是缺乏爱，你只要把爱放进去。不要试图摆脱愤怒或嫉妒，当你把爱放进去时，愤怒和嫉妒就会消失。你也不用试图去改变别人，当你用爱对待别人，别人也会改变。

22 观看你的思想

这是本书最有趣的策略。先“观看”你的思想，可能听起来很奇怪，但如果你能好好运用这技巧，观察和理解内在的思考模式，能觉察自己的心如何从一个想法转变成另一种，也能觉察情绪的转变，就不被情绪困扰。

人的情绪非常善变。我们可能这一刻感觉还不错，但下一刻可能对某人感到生气。通常感受一生起，好恶就随之而来。如果我们缺乏觉知，在这一瞬间，习性反应就会在心中一直重现，一直增强，最后化为一股强烈的情绪，支配我们的意识。

所以，许多古老的宗教传统以及禅定常谈到“静心观照”，西方心理学家称为“分离的察觉”，道理在此。借由“内观”的练习，静静观察你的念头如何活动，把自己当作旁观者，这样就不会被情绪控制。

有一则禅学故事。

一个和尚对他的师父说：“我是一个非常容易生气的人。请您帮助我。”

他的师父说：“让我看看你的怒气。”

和尚说：“此刻我没有在生气，我没有办法把怒气给您看。”

他师父回答：“那么这个怒气显然不是你。因为有些时候，它根本就不存在。”

当你想有意识地去引发负面情绪，你是办不到的。情绪只有在我们没有察觉的状况下才能控制我们。

一个人若是能够时时观察到自己的情绪，让自己保持一个觉知状态，随着这观察，你会开始看到自己的愤怒、怀疑和评断。接着你会了解，既然念头可以被你观察，那么显然你的念头并不是你。

如果你是个动不动就发怒的人，试试看，下回当愤怒又出现时，你只要当个观众，不要说“我很生气”。说“我很生气”，意指我们认为“自己即是那个情绪”，生气与我是一体的，而并非“我感受到一个情绪叫生气”。这个错觉导致我们容易被情绪左右。

建议大家尝试以指示代词“这”来替代人称代词主格“我”，比如，“他让我生气”改说成“这是生气”，“我很焦急”改说成“这是焦虑”，“我很忧郁”改说成“这是忧郁”，等等。

只是看着它，像看一部电影一样。你没有参与那部影片的演出，你是旁观者。你就以同样的方式来观察你念头的活动。忧郁出现，你看着；忧郁笼罩着你，像团黑雾将你包围起来，你看着。不要去对抗，如果你对抗，就会增强它。你只是看着。然后悲伤出现，你只是观看，看看是谁在悲伤，只要不去认同或参与剧情，情绪自然不起波涛。

你可能对某些事感到很焦虑，只要观看，这并不是说那个焦虑不存在，而是不去“入戏”。就像我们可能在看舞台上演出的戏剧，并感觉到它影响我们的情绪、思想与身体感受，但我们从来都不会忘记，我们只是观众。

当你能够目睹情绪的发生，在那个观察过程当中，你会了解：“我不是这个情绪。”你就超然，你变得跟它有一定距离，就不会陷入其中。

心灵导师佩玛·丘卓（Pema Churuzzo）说：“你就是天空本身，其他一切则只是天气变化而已。”有你不喜欢的事发生，就观察你的不喜欢，别被它惹恼。发生令你失望的事，就观察你的失望，别为它失望。

多年来，我学习随时随地去觉察自己的意念。我发现，当我们对自己的起心动念逐渐变得更有觉知后，很少受控于情绪。当我发现，我的不耐烦只是自己的念头而已，这个不耐烦，就开始瓦解了。

23 快乐，就不要想太多

当你没有想到任何事，你会不快乐吗？

请想想你的鼻子，在你想到鼻子之前，你的鼻子在哪里？

没有想到鼻子时，鼻子便存在，即使鼻子就在你眼前，但当你不去想它，它就不存在。

你曾想过烦恼是怎么来的吗？如果没有思考，你要如何烦恼？你能吗？如果你不去想不开心的事情，你会觉得不开心吗？那是不可能的，你必须先有想法。

假设有个人走过来瞄你一眼，会发生什么事？那人只是瞄你一眼，就这样而已。然而你想着：那人为什么如此无礼？为什么他要过来瞄我？要不要报复？要如何回击？人的不快乐就是这么来的。如果你不把他当一回事，也就什么事都没有。

话说，唐朝时，朝鲜元晓法师到中国寻师访友，沿途吃了不少苦头。一天晚上，他睡在郊外坟地，半夜很渴，没有水喝，看到旁边废墟乱瓦中有一些水，就把水捧起来喝。啊，真是美味啊！然后他深深一鞠躬，感谢上天的赐予。

隔天清晨，法师醒来，一看，这是从死尸身上流下来的水，突然一阵恶心。他张口要吐未吐之际，心就开悟了。

不看不想时，昨天的水是甜的，今天早晨看了想了，才令他作呕。他体悟到："一切唯心造。"

曾听一位师父说，以前他住的地方有很多蛇。有位居士一进门槛，就看见一条蛇，挂单时一直确认没有蛇才敢入门睡。结果隔天，师父叩门让他起床吃饭，发现那位居士还坐床上，不敢出门，因为怕门外有蛇。但师父发现，他的床上有一条蛇，陪他睡了一个晚上。

原来，怕是自己想出来的，不想也就不怕。婴儿单独睡觉，即使房间再大、光线再暗、位置再偏远，也不需要有人陪伴。

我们如何想，想什么，是决定我们经验的唯一因素。

在医院常看到人们历经身心煎熬。我观察发现，当病人只有肉体的痛处时，都没有问题。但是当他们开始对病痛起了念头，觉得自己很可怜，想着自己很悲惨、不幸时，他们就开始觉得哀怨、悲苦。其实这苦也是想出来的。

人不快乐，就是想太多了。释放法创始人莱斯特·雷文森（Lester Levenson）一定很有体悟，他说："大多数人借由社交与娱乐暂时脱离苦痛，然后说这是快乐，其实只是逃避而已！他们受不了孤独一人，受不了跟自己的思想独处，所以跑去看电影、上夜店、找朋友，只是希望能有点事可做，这就不必面对自己的杂念。当注意力不在自己的思想上时，他们会感觉好一点，然后把那种状态称为快乐。”

我完全同意，思想是问题的根源，你一直想着那件事就是你不开心的原因。

人们总是说：我很容易把一件事情挂在心上，只要想到那件事就很烦，每次想到那个人就很气，一想到某些问题就很不开心，常常会想太多，每天翻来覆去睡不好。换言之，只要不去想，也就不再烦忧难过，也就不会睡不好，不是吗？

就像现在，当你没有想任何事的时候，你会有任何烦恼吗？

X I N 心境 J I N G

第五章

这种情况下，该怎么做

01 忧虑的时候，列一张忧虑清单

列一张“忧虑的清单”

第一步，拿出纸笔，列出一张“忧虑的清单”，如下：

· 孩子学业跟不上

· 工作被“炒鱿鱼”

· 没钱缴贷款

· 身体有异常现象

· 公婆要到家里住

第二步，针对清单上每一个忧虑，写出“这件事为何令我忧虑”，每一件事都写出你忧虑的理由。哥伦比亚大学的赫伯特·霍克斯（Herbert Hawkes）教授说：“有一半的忧虑是一知半解时就做出决定造成的。”解决问题一定要先了解问题，否则无从下手。

第三步，在每个问题的旁边写下一个你认为可以解决的方法。心理学家明尼尼博士表示：“人会担忧，通常是因为无力解决问题。一旦采取行动，就能够改变情况。不再有无力感，也就不再忧虑。”如果发生的事真的是能力所不及，要记得告诉自己：“该做的我都做了，剩下的再担心也没用。”把这类忧虑从清单上画掉，让自己往前看，不再原地踏步。

问自己：“这件事发生的机会有多少？”

问自己：“这件事情发生的机会究竟有多少？”“可能发生的最恶劣情况是什么？”通常你会发现，事情不可能坏到那样，你只要定义清楚，并且把后果考虑一遍，往往就能够降低问题带来的压力与害怕。

既然你已做了最坏打算，就要想着如果真的发生了，只有接受它。一旦你决心“接受这种结果”，那么，剩下来的便没有什么好担心的了。

【你必须记住】

· 担忧于事无补。如果问题有办法解决，就用不着担心；如果解决不了，更不需要担忧，因为你担心也于事无补。

· 担忧的事很少会发生。根据研究，我们所烦恼和忧虑的事情当中，约有一半根本不会发生，有百分之三十是既定的事实，剩下百分之十几则是无关紧要的小事。这么算下来，就只剩不到百分之十。换言之，我们所担忧的事情有九成是杞人忧天。

· 无法控制的事，交给上天安排。生命中有太多无法掌控的事，我们都必须学会放手。将难题交托给比自己能力更大的力量，心里即如释重负。

02／愤怒的时候，先问三个问题

如果发现自己开始动怒时，不妨深深吸一口气，先问自己三个问题。

1.这件事真的严重得要发那么大的脾气吗？

2.我生气是否有理？

3.发怒有用吗？

如果任何一条的答案都是“否”，就请冷静下来。

停止坚持“他应该”

生气的人总认为是别人的错：因为别人不应该这样、那样，因此有十足的理由逼得自己不得不生气。比如说，东西应该放在那里，事情应该这样做，伴侣应该了解我的需要，朋友应该支持我……结果不是这样，你会感到恼怒，对吗？

我们必须分清楚，到底是问题圈住了我们，还是我们自身狭隘的想法限制了自己。当我深信那些想法时，问自己：“是谁说事情‘应该’这样？”“紧抓这个想法对我有帮助吗？”一旦你不再坚持，问题也烟消云散。

暂时闭口

生气时往往都不够理智，气话总是脱口而出，所以反应不要那么快，先暂时闭口不说话，然后数数字，从一数到十。这方法源自美国第三任总统杰弗逊，他说：“生气的时候，先从一数到十再开口说话。如果非常生气，就从一数到一百。”这是他认为最简单有效的方法。

试着延缓发怒。如果你正在发怒，试试看延缓十秒钟，最初的十秒是最关键的，一旦过了，你的怒气大多即能消弭。下一次，试试延续三十秒，不断加长这个时间，下一次，再试着延缓一分钟，不断加长这个时间，一天、一星期，甚至一个月才生一次气。一旦你能延缓发怒，你便已经学会了控制。多加练习，最后就能完全消除。

【你必须记住】

· 少说话，少做决定。当人在气急之时，不但思虑不成熟，情绪一发不可收拾，表现失态，而且常说出不想说的话，做下不适当的决定，伤了别人，也伤了自己。愤怒的后果，远比它的原因更令人担心。

· 做情绪的主人。别人对你的态度不是你能掌控的，但你可以自己做主，对这件事情怎么反应，你可以选择你的态度——生气、火冒三丈，或冷静、淡然处之。选择权在你手上。

03 怀恨的时候，写下这件事对你后来的帮助

承认自己受到伤害

写下让你生气或让你觉得受到伤害的人。

列出所有你所痛恨或觉得受伤害的事情。

在你写这些时，感觉怎样？

我们受伤的部分多半都与情绪有关，所以首先要承认

你心里面的害怕和创伤，承认心里产生的愤怒或悲伤，接受感觉，并允许自己去感受它。当伤痛被疗愈了，宽恕才会来临。

站在对方的立场。试着退一步，以对方的角度看事情，看到对方和自己一样，是一个凡人，有时会冲动、会失常，有时会懦弱、会暴躁，有时也会计较，也会考虑欠妥……难道你没有过吗？当你能将心比心，宽容也容易得多。

怀恨的时候，写下这件事对你后来的帮助

如果你想原谅以前得罪你的人，最好的方法是拿一张白纸，写下当时的经过，把重点摆在正向层面上，尤其要写下这件事对你后来的帮助。

· 你的人生因为它而变得更美好吗？

· 你因为它而更认识自己和这个世界吗？

- 你发掘到一些以前不知道的长处吗？
- 你变得更有同情心吗？
- 你从中学到什么？

用这种方法写下事件造成的正面影响，将有助你转化观点，化解愁恨。

【你必须记住】

· 宽恕是要先从自己的内心开始。唯有宽恕了自己，我们才能宽恕别人，或接受别人的宽恕。

· 宽恕并非为了对方。马丁·路德·金（Martin Lucher King）说："'以眼还眼'，结果是大家都瞎了。"当你想让他"难过"的时候，你自己有好过吗？你抓一把垃圾丢别人，先弄脏的人又是谁？是你自己，对吗？

· 学会爱自己。如果你懂得爱自己，你就不会为了一个不爱你的人而伤害自己；如果你懂得爱自己，你就不会为了恨那个人而侮蔑自己的灵魂；如果你懂得爱自己，你就不该继续浪费你的生命。

04 挫折失望的时候，拉长时间看

拉长时间看

不论遇到任何问题、挫折、失败，如果你不想让痛苦延续或继续陷入困局，你可以这样问自己：“十年后我还会在意这件事吗？”“十年后再回头看这件事，我会怎么做？”

当你这么一问，你就能跳出问题，把眼光放远，如果你能想象自己在十年后再回顾今天所发生的事，你将会有全然不同的反应和做法。

就像你把手拿远一点，视线就不会被遮住；当你把事情放远来看，问题就会显得十分渺小，你就会发现，其实也没什么大不了嘛！

有什么，就享受什么

如果事情不是你喜欢的那个样子，那就去喜欢事情的那个样子。

人生的幸福不是从你想获得什么而来，因为世事总是无法尽如人意，真正的快乐是来自“有什么，就享受什么”。当你得到想要的东西，那很好；如果没得到呢，那也没关系；当结果是你希望的，去享受它；如果结果不是你期望的，也去喜欢它。

【你必须记住】

· 一切随缘。是你的，不会失去，就算失去了，也会在隔些时日以另一种方式回来；不是你的，求也求不到，纵使求到了也是稍纵即逝。凡事尽心就好，其余的，一切就随缘吧！

· 此事也将会过去。人生无常，成败得失来来去去，苦不会是永远的苦，乐也不会是永远的乐，都只是暂时的现象。没有永远过不去的黑夜，也没有永不到来的白天；当愁雾散去，又是清澈明净，此事亦将会过去。

05 / 放不下的时候，扛着背包走

扛着背包走一天

当你放不下某个情绪时，可以尝试看看这个方法。

用一个背包装满物品或书本（用来代表你放不下的人或事），找一天有空的时间，不管到哪里都随身带着这个背包，借此感受这个额外“包袱”加之于你的重量。

在结束一天的行程后，将这个袋子里的东西一一取出，然后想象一下如果你放下这些情绪，将会是什么感觉。当你把这些东西回归原位时，问自己："我还要继续背着它们吗？"

不紧抓着不放就好

畅销书《塞多纳术》（*The Sedona Method*）的作者海尔·多斯金（Hale Dwoskin）曾如此解释和示范过"放下"，我觉得很受用，当感觉负面想法和感觉紧抓不放时，你也可以试试看。

首先拿一支笔。现在，将笔紧握在手里。笔代表你的想法和感觉，而手是你的知觉。

你注意到紧握着笔很不舒服，但过了一阵子，就会开始觉得习惯。你感觉到了吗？你的知觉也是用同样的方式紧握住你的想法和感觉，最后你会习惯，甚至不知道自己这样紧握着。

现在把手打开，让笔滚过手掌。注意你的笔和你的手并没有黏在一起。你的想法和感觉也是如此，它们并没有黏着你。

现在把手翻过来，让笔掉下去。

发生了什么事？笔掉到地板上。

这很难吗？不难，你只要不再紧抓着不放就好。这就是“放下”。

【你必须记住】

· 遭遇是别人造成的，难过是自己造成的。生命中的遭遇，我们也许无法逃避，但是因为想法所追加的痛苦，是可以避免的。

· 你不是无法放下，而是不愿放下。如果你有什么“放不下”，你必须先深入内在，去看看你放不下的东西。究竟是它们抓住你，还是你抓住它们？能够看清这点非常重要。一旦你了解到原来是你抓着不放，要不要放下，就看你自己了。

06 感情失和的时候，把对方当陌生人

把对方当陌生人

从现在起，把你的朋友、伴侣，把对方当成陌生人，你们就不会有那么多问题。因为你无法从一个陌生人那里期待任何东西。如果他是个陌生人，你怎么可能要求他做什么？你怎么能够限制和控制对方？你怎么能够要求对方

要合你的意？

列出十个缺点，不予追究

没有人是没有缺点的。你注意过那些感情融洽并且婚姻幸福的人吗？他们的伴侣和家人并非都是完美无缺，他们之所以会美满幸福，那是因为他们愿意接受彼此的缺点，所以那些缺点也就不影响。由于他们不要求对方改变，所以问题也就不会发生。

如果你一时做不到，那就先列出你最厌恶对方的十个缺点，试着去接受。之后当他犯错，如果是这十个缺点之一，因为你已接受了，就不予追究。

而如果他犯的是其他的错，你可以这么想：“既然最难容忍的缺点你都接受了，这点错就算了吧！”

【你必须记住】

· 你就是自己期望下最大的受害者。爱一个人为什么会那么辛苦，是不是你自己设下了太多的标准？爱一个人为什么失望痛苦，是不是你对别人有太多的期待？除非你不再去创造那些期望，否则你很难停止受伤害。

· 爱不是改变对方，而是要成全对方。你想去改变对方，那是因为你不喜欢、不爱，所以你才会想去改变。如果你真的爱他，你就不会改造他。

07 寂寞的时候，主动伸出友谊的手

寂寞表示你需要别人，而渴望别人的感觉就是寂寞。所以，要尽可能跟别人多相处，多跟人接触。特别是要主动去关心他们、去爱他们。去看看你能帮助什么，赶快设法找一个起点。

在什么时候？到什么地方？怎么做？

答案是：在最需要你的时候，到最需要你的地方，做最需要你的事。

在帮助别人疗伤的同时，你也使自己痊愈。将你的手伸给寂寞的人，你便不再寂寞。

学会喜欢自己

寂寞表示你无法单独与自己同在。心理学家说得更直接，寂寞是不喜欢你自己。当你不喜欢自己又必须面对自己，那就是寂寞让人害怕的原因。

每个人都必须面对自己。因为大部分时间和你相处的人是你自己，其他人无论关系多么亲密或和你多好，都不可能时时刻刻跟你在一起。而且有一天，出于某种原因，他们都会不在你身边。

由于你一生的所有时间都必须与自己相处，你当然要学习喜欢自己。一个对自己感到绝对满足的人，即使别人不在，也可以享受自己。当你越喜欢自己，寂寞就越不可能存在，因为你与自己同在。

【你必须记住】

· 要化被动为主动。只关心自己的人，比任何人都要孤独；只爱自己的人，比任何人都要寂寞。所以，你必须主动把自己奉献给别人，而不是等别人来给你什么。

· 学会享受孤独。孤独是一种享受，可以享受自己私人的空间，看自己喜欢的文字，听自己喜欢的歌；孤独可以仔细地看看自己，认识自己，找回自己。懂得欣赏孤独的人，才会享受孤独。

08 烦乱的时候，缓慢规律地呼吸

缓慢规律地呼吸

情绪的改变会立刻表现在呼吸上。当我们紧张不安，呼吸就会变得又浅又快；当愤怒和情绪激动时，会产生浅短的吸气、严重喘息的呼气；当害怕时，呼吸会变得浅短急促且不规则。

当我还在急诊室实习时，老医师教我们如何使情绪激动的病人镇静下来。方法很简单，只需要坐在病人身边，请他跟着你缓慢规律地呼吸，一旦呼吸的节奏逐渐恢复规律，身心也跟着放松下来。

一次只专心做一件事

要让失焦的生活回归专注，最简单的生活方式就是——一次只专心做一件事。

如果读书，就专心读书；睡觉，就好好睡觉；与人聊天，就专心聊天……不要再去想别的事。依纳爵·罗耀拉（Ignacio de Loyola）有句格言：“一次只专心将一件事情做好的人，做得比所有人都还多。”一次只做一件事，不但能将重要的事情完成得最多，所花费的时间也更少。

请回到此刻

拿一张“此刻，我在做什么”的小卡片，随时提醒自己专注现在所做的事：“此刻，我正在读书……此刻，我正在散步……此刻，我正在睡觉……此刻，我正在和朋友聊天……此刻，我正在品尝甜点……”

我常提供这种“生活禅”给学生：如果你想到过去不愉快的事，请把注意放回到此刻。如果你担心的是未来的事物，也请回到此刻。只要你能专注活在此刻，心就不可能烦乱。

刻意“慢半拍”

人在匆忙紧张时，步调自然会加快，这时你可以刻意让自己放慢步调。像南非著名高尔夫球选手，曾四度夺下英国公开赛冠军的洛克（Bobby Locke），就有个习惯：在比赛当天，不论梳洗、穿戴、吃早餐、刷牙，每个动作都刻意放慢速度，好让自己达到最稳定的状态。你也可以试试！

【你必须记住】

· 把手上的事做好。站在一个十字路口，不知该往哪走；彷徨迷惘，不知道该怎么做，也不知道下一步该怎么走。那就把手边的事情做好吧，只要做得够好，自然会看到好的路。

· 把今天过好。不必忧虑太多未来的事，未来是由现在所产生出来的。如果你能照顾好现在，那你就等于是照顾了未来。你能为未来所做的最好准备，就是把今天做好；如果你希望明天会更好，你应该做的就是把今天先过好。

09 患得患失的时候，学习无求无我

当你对别人无求，当你看到别人没做到该做的事，你不会介意，因为你不期待他做或不做任何事；当你没得到你想得到的，你不会感到挫折，因为你不期待得到任何东西；当某人不符合你希望的时候，你不会失望，因为你不期望。

一旦你不再去创造那些期望，你的心就会平静下来，你

将发现原来你就是自己期望下最大的受害者。

学习无我

当你在意某人或某事时，想想看，你真正在意的是什么。

是不是你自己？你太在乎你的所有物，你的利益、你的形象、你的原则、你的期待、你的面子、你的表现……对吗？

当你一直想着自己，自然会变得封闭，你很容易就陷入“执念”，陷溺在自己的焦虑、愤怒、痛苦、挫折、抑郁、嫉妒和怨恨里面。反之，当你忘了自己，连带许多烦恼和问题也跟着忘了。

站在较高的地方看看自己

是的，高度可以帮助我们转化态度。你可以登山或站到高楼上，然后从那里向下俯瞰隔着一段距离的世界。这种视觉能帮助我们改变观点。

你也可以闭上眼睛，想象自己变成一只飞鸟，把自己抽离出来，从空中鸟瞰整个事件。

你也可以想象自己的意识已经脱离身体，站在高空的热气球上，俯视自己，然后，想象你飘到一千米高的空中，再也触碰不到你的麻烦和困扰。

再慢慢升高，你会看到房子、车子变得越来越小，再往上，你会看到河流、高山、云雾，都在你的脚下。这时把意识再拉回到自己身上，你将发现原本的问题也变小了。

【你必须记住】

· 不要对别人期待太高。在关系里面，越不在意的人，拥有越大的主导权。有些人什么都没得到，那是因为——他们的要求太多了。

· 不要把自己看得太重。英国作家却斯特顿说："天使之所以能飞，是因为他们将自己看得很轻。"你觉得生活沉重，那是因为你把自己看得太重。

人们常说："我放不下。"你越在乎自己，就越放不下，因为你真正要放下的就是那个"我"。

10 懊悔的时候，首先要“问对问题”

首先要“问对问题”

大部分的人在面对困境和麻烦时，都习惯问自己这类问题：“我为什么会碰到这种事？”“为什么我老是犯错？”“为什么别人会这样对我？”这些以“为什么”开头的问句，常会导致消极、沮丧，使我们的情况变得更糟。

道理很简单，当我们问“为什么”时，注意的焦点即放在问题上，整个思想都围绕着问题打转，这么一来，问题就放大，这还会阻碍我们解决问题的能力。

然而，当我们改口问，“我们现在该做什么”“我要怎么做才能改变这不利情况”“我需要怎么做，才能让事情变成我要的样子”，马上扭转视野，找到行动的方向。

你可以改变过去

对多年前所发生的那件事情，当时你可能抱持着负面的感受和想法，如果现在你已经增长了智慧，对多年前所发生的事情抱持正面的感受和想法，从心智的角度来看，你已经“改变了过去”。

没错，时间不会倒流，但是头脑可以。只要转个念，我们随时都可以改变过去。

【你必须记住】

· 后悔无助于事。后悔完全无助于事，只因你在做一件错误的事，所以再怎么努力，也不可能把事情做对。

· 你不是你的过去。你不是昨天的你，甚至也不是片刻之前的你。过去曾经伤害我们的人、事、物，现在并没有伤害我们；现在对我们造成伤害的，是我们对这些事情的想法。

· 掉入坑里，就别再挖了。轮子陷入泥沼中，转动越快，往往陷得越深；陷溺在追悔中也是一样，不但于事无补，只会越陷越深。

11 抱怨不满的时候，去想想更惨的人

去想想更惨的人

当你为了工作负担而抱怨，去想想那些失业的人。

当你抱怨养儿育女的辛劳时，去想想那些不孕的人。

当你为脸上的雀斑和青春痘而烦恼时，去想想那些脸部烧伤的人。

当你不满自己的腿太短，或抱怨没有漂亮的鞋子时，去想想那些连脚都没有的人。

去帮助更需要的人

每一天，每个人都可以安抚一个朋友、一位同学或同事，给那些遇到麻烦的人一点帮助，你的不满也会随之减少。

心理学家曼尼格（Menniger）博士建议说："每当你觉得自己的心情坏透了时，最好的办法就是去找一个有麻烦的人，帮助他解决那个麻烦。在这么做的同时，你自己的问题通常也解决了。"当你越愿意承担别人的痛苦，就越能感受到更多的欢乐；当你越将你拥有的分享给缺乏的人时，你就越能感受到更多富足。

列出一份你拥有的资产清单

好工作、活泼的女儿、漂亮的衣服、健康的身体、温馨的房子、柔软的沙发、可爱的小狗，还有关心你的父母和朋友，你喜欢的活动、美食……把你拥有的所有美好事物都写下来，然后在脑子里设想，这些人、事、物一样一样都被剥夺了，那时你的人生会变得怎样。等你充分体会到了这种感觉，再慢慢地一件一件地把这些“资产”还给自己，这时你将会惊讶地发现——原来你拥有那么多幸福。

【你必须记住】

· 多感恩，少抱怨。如果你经常对小事不满，要记住，那是因为你没有什么大麻烦；如果你真的有了大烦恼，要记住，别把时间和精力浪费在抱怨不满上。

· 集中注意在你拥有而不是没有的东西上。当你每天都想着“没有的”，整个意识都充满着“匮乏”，只会让自己更沮丧。反过来，集中注意在你拥有的，你将发现原来你拥有那么多。

12 情绪低落的时候，转移你的注意力

转移你的注意力

当人的情绪处于低潮时，对任何事情都提不起兴趣，总是想着那些不愉快的事。要摆脱这种情绪，最快的方法是转移注意力——你可以到郊外去散散心，打电话给久未联络的朋友，或者是去打扫房子，听听音乐，整理旧照片，看你最

喜欢的电影或综艺节目，做一些你喜欢的事情，等等。

站起来，动起来

感觉疲倦而心情沮丧？不要躺下，那只能让你觉得更糟。

站起来意味着你能够更快地思考、更好地解决问题和保持积极的态度。而动起来（特别是有氧运动，如跑步）可以促进血清张素和多巴胺等神经传导物质的分泌，让心情变好。同时转移注意力，不再陷于挫折沮丧，让自己更有活力和自信。

假装乐观积极

这方法很简单，只要把自己的行为，假装成自己所希望的那种人，你就会逐渐变成那种人。比方如果你害怕，就表现出自己很勇敢，若持续得够久，假装就变成真实。原本只凭着表现出无惧的样子，便在不知不觉中，成为真正不惧的勇者。

依此类推。如果你悲观消极，就表现得乐观积极；如果你愁云惨雾，就表现得微笑开朗。心理学家威廉·詹姆斯（William James）说："我们快乐是因为我们微笑，而非我们微笑是因为我们快乐。先微笑，然后快乐就随之到来。"现在，请微微地张嘴，让嘴角的纹线朝上，然后发一个"C"音，开始微笑。可能的话，让你的眼睛也跟着笑起来。

【你必须记住】

· 不要太完美。少说“必须”“一定”等硬性词。现实生活是不可能完美的，因此尝试达到不可能的高标准就是庸人自扰。取而代之的是，设定比较实际的目标，或是顺其自然，这会让你变得轻松自在。

· 不要太当真。情绪低潮时，想法多半也是悲观的，对于不断冒出的负面念头，不必过分去在意它。

· 心情难免起起伏伏。“心情是随时变动的，给点时间就会转好”，有这样的认知，就比较容易接受心情不好的时候出现，也会预期过一会儿心情会变好。